아픈건 **싫**으니까
[글] 유우미칸

[일러스트] 코인

방**어력**에 **올인**하려고 합니다.

메이플

Maple's STATUS

Lv24 HP 100/100

MP22/22

[STR 0] [VIT 236]

[AGI 0]

[DEX 0] [INT 0]

SKILL Absolute protection /
Giant killing / Hydra eater /
Bomb eater / Devilish /
Shield Attack / Body he
Knowledge of the shie

Welcome to
"NewWorld Online".

295 이름 : 무명의 관전자
완전 괴물이잖아

296 이름 : 무명
이상한 점
방어계 스킬 발동
순수 VIT 수치
전부 노대미지
무식한 위력
저 인간 스
어떻게 된 거

297 이름 : 전자
마법을 맞은 그 모습이 뭔가
사기 스킬이 붙어서 그런 거

298 이름 : 무명의 관전차
대규모 스킬은 부분
스킬 이펙트가 있으니까
갑옷이 안 빛나는 거
아무것도 없을 거야
100퍼 그렇다는

299 이름 :
응
나도 현
갑옷에
없다… 해

300 이름 : 무명
진짜 저 걸어다니

301 이름 : 무명의 관전자
걸어다니는 요새 보고 빵 터짐

칼에서 보라색 마법진이 전개되고
칫푸색 빛이 흘러 넘친다.

배틀로얄 이벤트에서

건조한 바람이 바다와 해바라기 향기를 실어다 준다.

잔잔한 파도 소리가 희미하게 울렸다.

「밖에선 이런 걸 좀처럼 못 보겠는걸.」

「우와…….」

SKILL Absolute protection /
Giant killing / Hydra eater /
Bomb eater / Devilish / Meditation / Taunt / Parrying
Shield Attack / Body handling
Knowledge of the shield IV

Maple's STATUS
Lv24   HP 100/100
MP22/22
[STR 0]   [VIT 236]
[AGI 0]
[DEX 0]   [INT 0]

아픈 건 싫으니까 방어력에 올인하려고 합니다.

[글] 유우미칸

[일러스트] 코인

Welcome to
"NewWorld Online".

CONTENTS

All points are divided to VIT.
Because
a painful one isn't liked.

프롤로그 방어 특화와 그 이전.

"우웅……. 게임 같은 건 거의 한 적이 없는데."

친구인 시로미네 리사가 억지로 쥐여 준 게임 패키지를 보고 혼죠 카에데는 한숨을 쉬었다.

"리사는 맨날 나를 막 휘둘러……."

검이나 지팡이를 든 남녀 몇 명이 그려진 패키지에는 ⟨New World Online⟩이라는 색색의 문자가 적힌 게 보였다.

최근 급격하게 두각을 드러낸 VRMMO라는 장르의 게임으로, 카에데는 이게 돌아가는 게임기를 가지고 있다. 물론 거의 안 써서 희미하게 먼지를 뒤집어쓰긴 했지만.

그 게임기도 리사의 꼬임에 넘어가서 산 것이다.

"하아……. 왠지 거절할 수가 없어……."

카에데의 손에 있는 메모. 이것은 리사에게 받은 것으로, 이 게임을 시작하는 데 필요한 일이 적혀 있었다.

"그렇게 반짝반짝하는 눈을 보면…… 못한다고 할 수가 없는걸……."

리사는 카에데가 시작하리라 믿어 의심치 않았다. 안 하면

미안하다 싶은 마음에 카에데로서는 어떻게 할 수도 없었다.

"어쩔 수 없지⋯⋯! 설정을 해 볼까."

카에데는 먼지를 털어내고 게임기의 전원을 켰다.

딱히 게임을 싫어하는 것도 아니다.

잠깐 같이 놀아주는 정도라면 괜찮겠지.

그렇게 생각하고 카에데는 초기 설정을 시작했다.

카에데는 한 손에 메모를 들고 〈New World Online〉의 초기 설정을 마쳤다. 메모 덕분에 문제없이 설정을 잡을 수 있었다.

"후⋯⋯. 이러면 될까."

그리고 드디어 전뇌세계에 다이브하게 됐다. 카에데에게는 오래간만의 감각. 눈을 감았다가 다시금 떴을 때는 이미 게임 세계. 말은 그래도 아직 필요한 설정이 다소 남았기 때문에 느닷없이 마을 한복판에 있는 건 아니다.

"일단은⋯⋯ 이름인가. 으응, 본명인 '카에데'를 그대로 쓰는 것도 안 되겠고⋯⋯. 어떻게 할까⋯⋯."

카에데는 잠시 고민한 끝에 * '메이플'이라고 이름을 입력하고 결정 버튼을 눌렀다. 공중에 뜬 패널의 내용이 바뀌었다.

---

* 카에데(楓)=단풍나무=메이플(maple).

패널에는 초기 장비를 정할 필요가 있다고 나와 있었다.

"대검에…… 한손검. 메이스, 지팡이……. 으음…… 이리 저리 움직이는 데에는 좀 약하니까……. 그리고 공격은 맞기 싫고……. 그럼 역시 지팡이에 마법사로 할까."

그렇게 여러 장비를 보던 카에데였지만, 그때 딱 하고 와닿는 장비가 나타났다.

"대형 방패에 단도? 공격력은 낮지만…… 방어력은 넘버원인가……. 어! 방어력을 올리면 대미지가 없어지는 거야?"

설명문을 읽은 카에데는 이걸로 정해야겠다 싶어서 대형 방패와 단도를 초기 장비로 골랐다.

참고로 방어력을 올려서 공격을 무효화할 수 있는 것은 아주 초반뿐으로, 그럴 거면 화력을 올리는 편이 낫다는 것이 게임 내 평가다. 즉, 이것은 말하자면 인기 없는 장비라는 소리다.

애초에 일부러 게임 안에서 공격을 맞는 것을 전제로 하는 장비를 쓰려고 하는 사람은 적다. 게다가 대형 방패로는 어렵지만 일반 방패를 든다면 한손검이나 메이스를 장비할 수도 있다.

다루기가 편해서 그쪽을 택하는 사람이 압도적으로 많다.

"다음은 스테이터스 포인트인가……. 이건 방어력에 전부."

속된 말로 올인이다. 이러면 대형 방패 때문에 안 그래도 낮은 공격력이 한층 더 안쓰러운 꼴이 되는 데다가, 민첩 수치도 올리지 않았기 때문에 보정이 걸리지 않아서 현실의 속도와 비슷해진다.

현실세계에서 돌진하는 동물을 상대로 이길 수 있는 인간이 얼마나 있을까.

"아……. 키는 만질 수 없나. 더 키우고 싶었는데……."

카에데의 신장은 145센티미터가 될까 말까 하는 정도다. 가녀리고 귀여운 그 용모와 체구 때문에 학교에서는 남몰래 인기가 있지만, 그런 건 카에데가 알 리도 없다. 키는 콤플렉스이기도 하지만, 현실의 체격과 신장, 체중을 다르게 하면 제대로 플레이할 수 없는 모양이라서 카에데는 어쩔 수 없이 포기했다.

"그럼 이걸로 다 됐나. 좋아!"

카에데의 몸이 빛에 휩싸였다.

다음에 눈을 뜬 곳은 활기가 넘치는 성 앞 시가지 광장이었다.

l장 방어 특화와 첫 전투.

카에데가 메이플이 되고 처음으로 게임 안에서 본 시가지 풍경. 광장에는 분수가 있고, 벤치도 몇 개 설치되어 있다. 광장은 대로와 연결되어 있고, 벽돌로 지은 건물이 대로 양쪽에 늘어선 포장도로를 수많은 플레이어가 걷고 있었다. 화창하게 갠 하늘에서 비치는 빛은 분수의 물을 반짝반짝 빛냈다.

"여기는…… 어어, 스테이터스!"

부웅 소리와 함께 메이플의 앞에 파란 반투명 패널이 떴다.

```
메이플
Lv 1    HP 40/40          MP 12/12

【STR  0〈+9〉】       【VIT  100〈+28〉】
【AGI  0】            【DEX  0】
【INT  0】
```

```
장비
머리   【없음】            몸    【없음】
오른손 【초심자의 단도】     왼손   【초심자의 대형 방패】
다리   【없음】            신발   【없음】
장식품 【없음】
       【없음】
       【없음】
```

```
스킬
없음
```

"으응……? *VIT는 방어력 맞지? 어라……? 이거 실수한
걸까?"

게임을 별로 안 하는 메이플이라도 스테이터스에 0이 쫙 깔
리면 좋지 않을 거라고 추측할 수 있다.

여태까지의 인생을 돌아보아도 0이 좋았던 적은 압도적으
로 적다.

메이플이 스테이터스를 하나씩 확인하고 깨달은 것은, 공격
력은 무기 덕분에 가까스로 0이 아니지만 지혜와 민첩과 솜씨
는 전부 없다는 사실이었다.

"아하하……. 잘못했나? 어쩌지……. 리사도 없고."

끙끙 고민하면서 몇 분 동안 생각한 끝에 일단 마물과 한번
싸워 보자는 생각이 나왔다. 그랬는데 도저히 안 되겠다 싶으
면 어쩔 수 없다. 그때는 다시 만들자고, 메이플은 생각했다.

"좋아, 마을 밖으로 나가 보자……!"

메이플은 마을 밖으로 걸어가다가 한 가지 깨달은 게 있었다.

---

* VIT : RPG 용어. 물리적인 맷집(체력), 질병이나 독에 대한 저항력 등. 신체의 방어력을 뜻한다. STR은 물리적
인 힘(완력), AGI는 속도나 민첩함(회피), DEX는 정밀함이나 기민함, INT는 영리함(지력)을 의미한다.

"주위를 가는 사람들……. 빠르네."

가만히 있을 때는 몰랐던 【AGI】의 영향이 일상에서 나타났다.

하지만 그런 것에 기죽지 않고 마을 밖을 향해 걸어갔다.

목표는 첫 토벌이다.

시내만큼은 아니지만 마을 밖에도 사람들이 있었다. 여기서 싸우면 누군가 메이플의 싸움을 지켜보겠지.

"꼴사나운 모습은 보이기 싫으니까 말이야……. 조금 더 멀리 나가야지."

메이플은 그대로 계속해서 뚜벅뚜벅 걸어서 인적이 없어 보이는 숲까지 왔다.

"좋아, 여기라면 괜찮을까……. 몬스터 씨, 어디서든 덤벼도 돼!"

메이플의 그 목소리에 반응한 건지는 모르지만, 뾰족한 뿔이 달린 하얀 토끼가 덤불에서 뛰쳐나왔다. 하얀 토끼는 상당히 빠르게 달려와서 부딪쳤다. 행동능력에 보정이 없는 메이플이 토끼의 돌진을 피할 수 있는가 하면, 그 대답은 NO다.

"잠깐?! 우와, 미안해요!"

무엇 때문에 사과하는지는 잘 모르는 채 메이플은 허둥대다가 들고 있던 대형 방패를 이상하게 움직이는 바람에 뾰족한 뿔을 이용한 돌진공격을 배에 그대로 맞게 됐다.

"아파! ……가 아니네?"

토끼는 크리티컬 히트했을 터인 공격이 대미지를 주지 못한 것을 보고 당황했는지 다소 거리를 벌렸다.

"오오오오! 대단해! 아프지 않아! 역시나 【VIT 128】! 후후후…… 토끼야, 내 복근 어때?"

메이플이 배에 힘을 주었다. 딱히 식스팩이 있는 건 아니다. 오히려 말랑말랑하다.

무방비하게 배를 내미는 자세를 도발로 받아들인 것일까, 아니면 단순히 그렇게 행동이 정해져 있는 걸까. 아무튼 토끼가 다시 메이플에게 돌진했다.

메이플은 대형 방패를 쓰지 않고 배로 공격을 받아냈다.

몇 번이나 돌진을 반복한 토끼와 그것을 웃으면서 받아내는 메이플. 메이플은 토끼와 장난치듯이 뛰어다니거나 쓰다듬으려고 해 보았다.

아무것도 모르는 사람이 그 광경을 보면 재빨리 어디 인터넷 게시판에 올렸을 만큼 이상한 상황이다.

장난칠 뿐이라면 또 모르겠는데, 때때로 떡하니 서서 토끼의 돌진을 받아내는 모습은 참으로 괴이한 광경이라고 할 수 있겠지.

전투라고 부를 수 있을지 의문스러운 그런 전투는 한 시간이나 계속됐다. 즐겁게 웃는 메이플은 시간을 잊고 즐기고 있었다.

"자, 더 기합을 넣어서, 어라?"

토끼에게 부채질을 하던 메이플의 머릿속에 음성이 흘렀다.

[스킬【절대방어】를 취득했습니다]

"응? 그게 뭐지? ……아, 잠깐만, 토끼야."

메이플은 토끼가 돌진하든 말든 스킬을 확인했다.

스킬【절대방어】
스킬 보유자의 VIT가 2배가 된다.【STR】【AGI】【INT】스테이터스를 올리는 데 필요한 포인트가 기본의 3배가 된다.

취득 조건
1시간 동안 적에게 공격을 계속 받고, 또한 대미지를 받지 않을 것. 또한 마법, 무기에 의한 대미지를 받지 않을 것.

"응? 그렇다면【VIT 256】? 이거 꽤 좋은 스킬? ……토끼랑 놀기만 했는데…….."

메이플은 간단히 이 스킬을 땄다고 생각했지만, 어지간한 방패만 가지고는 방어력이 부족하다. 그렇다고 방어력에 다 몰아주면 나중에 고생하니까 그러는 사람은 거의 없다. 더 말하자면 그렇게 다 몰아준 사람이 한 시간 동안 토끼와 놀겠느냐 하면 또 그렇지도 않다.

즉, 기적적으로 딴 스킬이라고 해도 과언이 아니다. 더 말하자면 이 스킬을 가지고 있는 것은 현재 메이플뿐이었다.

물론 메이플 본인이 그런 걸 알 리도 없다.

"좋아, 토끼야, 기다렸지…… 토끼야?"

"꾸우……"

토끼는 돌진할 때마다 지면에 부딪쳐서 상처를 입었다. 그리고 그 머리 위에는 HP 게이지인 듯한 것이 떠 있고.

그것이 지금 붉은색 표시 상태에서 0이 됐다.

띠링 소리와 함께 토끼는 빛나는 입자가 되어 사라졌다. 드랍 아이템 하나도 없이, 흔적도 없이 사라진 것이다.

"토끼야아아아아아아아아아!"

[레벨 2가 되었습니다]

"토끼야아아아아아아아아아!"

소녀의 비명이 조용한 숲에 메아리쳤다.

"하아……. 왜 죽은 거지……. 이제는 쓰러뜨릴 생각이 없었는데……."

토끼의 죽음을 한탄하는 메이플. 하지만 잠시 뒤에는 마음을 다잡고 레벨업 정보를 확인하기 시작했다.

"아! 스테이터스에 줄 포인트가 5 늘었다!"

이 포인트를 배분하면 스테이터스 중 0인 항목과도 무사히 작별할 수 있다.

"끄응……. 하지만 이제 와서 방어력 말고 다른 걸 올려도……."

한 번 배분하면 되돌릴 수 없는 모양이라서 메이플은 신중하게 생각했다.

"좋아……. 결정했어! VIT에 주자!"

메이플은 VIT에 5포인트를 전부 투자한 뒤, 다시금 몬스터를 찾기 위해 숲 안쪽으로 들어갔다.

숲속은 마을에서 이어진 길 주변과 비교해서 몬스터가 조금 더 강해지거나 숫자가 많았다. 메이플이 몬스터와 마주치는 데는 그리 오랜 시간이 걸리지 않았다.

"우우……. 싫어……."

현재 메이플의 발목에는 거대 지네가 휘감겨 있었다. 이게 기분 나쁘지 않을 사람은 없지 않을까.

메이플은 허리춤에서 뽑은 단도로 그 몸을 쿡쿡 찔렀다. 이 지네는 독을 가지고 있어서 물어서 대미지를 준 상대에게 독을 주입하지만, 메이플의 몸은 물려도 상처 하나 나지 않으니까 독을 넣을 수 없었다.

또한 지네는 토끼처럼 귀엽지도 않다. 메이플이 장난치고 싶을 만한 몬스터가 아니다.

즉, 잡아도 아무렇지 않다는 소리다.

메이플의 공격력이 너무나도 약해서 열 몇 번을 찔러야 간신히 쓰러뜨릴 수 있었다.

"레벨은 안 오르나……."

메이플은 이 시점에서 왔던 길로 도로 돌아가야 할지 망설였다. 현재, 시간을 잊고 레벨업에 몰두한 적이 없는 메이플은 지네와의 전투가 시간이 너무 오래 걸렸다고 인식했기 때문이다. 메이플은 다소 약한 몬스터가 있는 곳으로 돌아가기로 했다.

하지만 운 나쁘게도 계속 깊숙한 곳으로 들어가게 되면서 메이플은 이 주변에서 가장 강력한 몬스터가 있는 장소까지 도달해버렸다.

그리고 불행은 계속 겹쳐서, 그 몬스터는 바로 지금 메이플의 눈앞에 나타났다.

시끄러운 날개 소리를 내며 나는 거대한 벌.

그것이 메이플을 향했다.

"말도 안 돼……. 진짜로……?"

메이플은 그 말도 안 되게 커다란 바늘에 공포를 느끼고 방패를 들었다.

하지만【AGI 0】인 메이플이 거대 벌의 재빠른 움직임에 따라갈 수 있을 리도 없어서.

순식간에 뒤를 빼앗기고 그대로 목을 찔리──지 않았다. 벌의 바늘이 메이플의 목에 닿기는 했지만, 방어력을 넘어설 수 없어서 튕겼고, 메이플에게는 대미지를 전혀 주지 못했다.

거대 벌은 그대로 몇 번이나 목을 찌르려고 했다.

"아하하……. 간지러워."

메이플은 차츰 여유를 되찾고 평소 모습으로 돌아왔다.

거대 벌은 그 뒤로 몇 번이나 찌르려고 했지만 무의미하다는 것을 깨달았는지, 독액을 분사하는 공격으로 전환했다.

"응……?!"

작기는 했지만 메이플은 분명히 타는 듯한 아픔을 느꼈다. 대략 햇빛에 살이 탄 뒤 목욕할 때 정도의 느낌이다.

스테이터스를 체크하자 HP가 딱 1 줄어 있었다. 독액은 메이플이 막을 수 없는 대미지였다. 이대로 39번 독액을 맞으면 메이플은 죽는다.

"…………전략적 후퇴!"

메이플이 거대 벌에게 등을 보이고 도망쳤다. 하지만 비정할 만큼 AGI가 차이가 나기 때문에 그럴 수도 없었다.

거대 벌은 차례로 독액을 내뿜었고, 메이플은 그걸 피할 수 없었다.

"끄으……."

메이플의 HP가 절반 이하로 내려간 순간.

[스킬【독 내성(소)】를 취득했습니다]

그 음성이 나온 뒤로 메이플은 전혀 대미지를 입지 않게 됐다. 평소의 메이플이라면 여기서 기뻐해야겠지만 지금은 달랐다. 거대 벌에게 처음으로 대미지를 입은 바람에 다소 화가 나 있었다.

"이젠 틀렸어……."

메이플은 지면에 철퍼덕 엎드려 조금이라도 그 자리에서 멀어지려고 기어가는 연기를 했다.

그래, 연기다. 이것에 의미가 있었을까, 아니면 우연이었을까. 벌의 움직임이 확실히 변했다.

거대 벌은 이제 다 끝나간다는 듯이 독액을 퍼부었다. 메이플의 움직임이 차츰 완만해지자, 숨통을 끊으려는 듯이 독액을 쏘아댔다.

[스킬【독 내성(소)】가【독 내성(중)】으로 진화했습니다]

메이플은 씨익 웃었다. 메이플은 이걸 노리고 있었다. 현재 유일한 걱정거리였던 독 대책도 이거면 충분하다.

그리고 메이플은 움직이지 않고 완전히 죽은 시늉을 했다. 움직이지 않는 상대에게 거대 벌은 준비시간이 필요한 강 공격을 준비하기 시작했다. 거대 벌은 지면에 쓰러진 메이플을 물려고 얼굴을 들이댔다.

"후훗, 걸렸구나!"

메이플은 몸을 빙 돌려 위를 보고 손에 든 단도로 쩍 벌어진 입을 찔렀다. 장갑이 없는 입 부분에 꽂힌 칼날은 뿌직뿌직 소리를 내면서 머리를 관통했다.

추가로 메이플은 그걸 좌우로 움직였다. 거대 벌의 머리 위에 표시된 HP 게이지가 착실하게 줄어들었다.

거대 벌이 미쳐 날뛰면서 그 바늘을 꽂아도 대미지로 이어지지 않았다.

그리고 드디어 거대 벌은 움찔움찔 몸을 떤 뒤에 빛이 되어 사라졌다.

그리고 그 자리에 은색 반지가 뚝 하고 드랍됐다.

"후후후⋯⋯. 나의 승리야!"

[스킬【강적사냥】을 취득했습니다. 레벨 8이 되었습니다]

메이플은 반지를 줍고 방금 입수한 스킬과 반지를 확인했다.

```
포레스트 퀸비의 반지【레어】
【VIT +6】
자동회복 : 10분에 최대 HP의 10퍼센트 회복
```

"오오오오! 이거 대단하네. HP 회복! 레어라는 걸 보면 운이 좋았던 걸까?"

MP가 초기치인 데다가 마법을 하나도 배우지 않은 메이플에게 HP 회복은 귀중하다. 또 거기에 추가로 붙은【VIT +6】이 은근히 크다.【절대방어】를 가진 메이플에게는 VIT +12인 셈이기 때문이다.

처음부터 장착했던 글러브를 벗고 반지를 끼었다. 글러브는 장비품이 아니라 단순한 꾸미기 아이템이니까 다시 반지 위에 끼었다.

"귀중한 아이템이나 스킬은 남에게 말하거나 보여주지 말라고 메모에도 적혀 있었어."

리사가 PK 대책으로 가르쳐 주었다. 그렇다고 해도 지금 메이플을 PK 할 수 있는 플레이어가 그리 쉽게 나타나지 않겠지만.

"그리고 스킬은……."

【독 내성(중)】
강력한 독을 무효화한다.

취득 조건
강력한 독을 40번 맞는다.

"그렇게 강력하다는 느낌이 아니었는데……. 혹시 VIT은
독 대미지도 줄여주나……."

사실은 그렇다. 본래 받을 대미지를 경감할 수 있다.

그렇다고 해도 독이라는 공격의 성질상, 내성이 없으면 1이
라도 대미지를 받지만.

"그럼 다음!"

【자이언트 킬링】
HP, MP 이외의 스테이터 중 4개 이상의 스테이터스가 전투 상대보다
낮은 수치일 때 HP, MP 이외의 스테이터스가 2배가 된다.

취득 조건
HP, MP 이외의 스테이터스 중 4개 이상의 스테이터스가 전투 상대인
몬스터보다 절반 이하인 플레이어가 혼자서 대상 몬스터를 토벌.

"내 스테이터스는 0이 네 개니까……. 어라? 그럼 전투할
때면 대부분의 경우 계속 두 배가 된다는 소리? 그렇다면……
VIT는 다 합쳐서 네 배다!"

그 말처럼 메이플의 스테이터스는 0이 많아서 효과는 VIT만

두 배가 되겠지. 발동하기 쉽고, 또 특화됐기 때문에 잘만 쓰면 강력하다.

또한 레벨이 올랐기에 이번에도 스테이터스 포인트가 들어왔다.

"어라? 스테이터스 포인트가 15밖에 안 들어왔네……. 2의 배수일 때밖에 못 받나?"

메이플은 이번에는 망설임 없이 VIT에 전부 넣었다.

【자이언트 킬링】을 생각해도 이게 최선이었다.

현재 메이플의 실제 VIT 수치는 자그마치 616이다.

"으음……. 왠지 지쳤어. 오늘은 이제 그만해야지. 생각보다 시간도 지났고."

메이플을 숲을 빠져나와 마을로 돌아와서 조금 돌아다닌 뒤에 로그아웃하여 현실세계로 돌아왔다.

2장 방어 특화와 집중력.

"좋았어! 오늘도 열심히 가 보자!"

메이플은 어제에 이어서 〈New World Online〉에 로그인했다.

"오늘도 숲에 가야지! 새로운 스킬도 배우고 싶고."

메이플은 레벨업에 열을 올리는 타입이 아니었지만, 그래도 새로운 스킬을 입수했을 때 가슴이 두근두근하는 감각에 끌리는 바가 있었다. 텅 빈 책장에 책을 채우는 듯한 즐거움이 있었다.

"최대한 VIT가 오르는 스킬을 익혀야지!"

그리고 메이플은 여전히 느린 걸음으로 마을 밖을 향해 터벅터벅 걸어갔다.

"어떤 걸 시험해 볼까······."

그렇게 생각하다가 처음으로 떠오른 것은 기척 감지 같은 기술이다. 적의 기척을 미리 탐지할 수 있으면 이보다 편리할 수 없겠지.

"좋았어! 열심히 해 보자!"

메이플은 대형 방패를 지면에 내려놓고, 눈을 감아 주변의 기척을 살폈다.

사실 이 방법.

완벽하게 잘못됐다.

진짜 방법은 공략 게시판에 나와 있다. 플레이어와 일정한 거리가 있으며 모습이 보이지 않는 몬스터에게 화살이나 투석 등으로 거기 있는 것을 안다는 듯이 공격을 맞히는 것을 몇 차례 성공시키는 식이다.

애초에 이 방법으로 취득할 수 있으면 메이플은 현실 세계에서도 기척 감지가 가능하겠지.

메이플은 그런 초인이 아니었다.

그런 걸 모르는 메이플은 눈을 감고 열심히 집중했다.

그렇게 어느덧 세 시간. 이미 거의 자는 거나 마찬가지인 상황이었다.

이상한 끈기를 발휘한 메이플의 귀에 시스템에서 날아온 메시지가 닿아서, 멍하니 있던 메이플의 의식을 각성시켰다.

[스킬【명상】을 취득했습니다]

"어, 어라, 【명상】? 기적 감지가 아니네……. 그렇구나, 아쉬워……."

그러면서 일어나려다가 몸이 무겁다는 것을 깨달았다. 두 눈을 뜨고 자기 몸을 확인하니, 지네나 송충이 같은 약한 몬스터부터 조금 세 보이는 늑대까지 저항하지 않는 메이플의 몸을 공격하려고 달라붙어 있었다.

"꺄아아아아아아아아악?!"

비명과 함께 몸을 단도로 푹푹 찔러서 지네나 늑대를 쓰러뜨리려고 했지만 【STR 9】인 메이플에게는 아무래도 힘들었다. 좀처럼 적이 쓰러지질 않았다. 하지만 힘이 너무 없어서 메이플 자신의 몸에 상처를 내지도 못하기 때문에, 안심하고 스스로에게 칼날을 꽂을 수 있었다.

달라붙었던 몬스터뿐이라면 그래도 괜찮겠지. 하지만 그 정도가 아니라 메이플의 비명을 듣고 안쪽에서 속속 몬스터들이 기어 나왔다.

[스킬【도발】을 취득했습니다]

새로운 스킬은 고맙지만, 지금은 이 궁지를 탈출하는 게 먼저였다.

그리고.

[레벨11이 되었습니다]

"후우……. 힘든 승부였어……. 자, 그럼 스킬을 확인하자!"

【명상】
사용하면 10초에 최대 HP의 1퍼센트를 회복한다. 효과 지속 시간은
10분. 소비 MP없음.
【명상】시에는 모든 공격행동을 취할 수 없게 된다.

취득 조건
공격을 받으면서 3시간 명상한다.

"명상했던 게 아닌데……. 뭐, 강력한 스킬은 환영이야!"

계속해서 도발도 확인했다.

【도발】
몬스터의 주의를 한곳으로 모은다. 3분 뒤 재사용 가능.

취득 조건
10마리 이상의 몬스터의 주의를 단번에 가져올 것. 아이템 사용 가능.

"이것도 레벨업에 좋으려나."

원래는 파티를 짤 때 방어력이 높은 플레이어가 사용하여 공
격을 한곳에 모으는, 파티 플레이에 적합한 기술이지만, 메이

플에게는 그렇게 보이지 않았던 모양이다. 왜냐하면 AGI가 너무 낮으니까 레벨을 올리려고 몬스터를 쫓아가도 도저히 따라잡을 수 없기 때문이다. 아마 그런 고민도 모든 플레이어 중에 메이플 혼자 하겠지.

아무튼 이걸로 어느 정도 자유롭게 레벨을 올릴 수 있게 됐다.

"그리고 스테이터스 포인트를 VIT로……. 어? 스테이터스 포인트가 10이나 있어!"

그렇다. 10의 배수일 때는 스테이터스 포인트가 기본의 두 배로 들어온다. 이건 이 게임에서 당연한 일이지만, 메이플은 뜻하지 않은 이득 같아서 왠지 기뻤다.

메이플
Lv 11　　HP 40/40　　　　　MP 12/12

【STR　0〈+9〉】　　　　　【VIT　130〈+34〉】
【AGI　0】　　　　　　　　【DEX　0】
【INT　0】

장비
머리　　【없음】　　　　　　몸　　　　【없음】
오른손【초심자의 단도】　　왼손　　【초심자의 대형 방패】
다리　　【없음】　　　　　　신발　　【없음】
장식품【포레스트 퀸비의 반지】
　　　　【없음】
　　　　【없음】

　메이플은 마지막으로 스테이터스를 확인하고 만족스럽게 끄덕이며 로그아웃했다.

　그 무렵 인터넷의 어느 게시판에서는.

＿＿＿＿＿＿＿＿＿＿＿＿＿＿＿＿＿＿＿＿＿＿＿＿＿＿

【NWO】기막힌 방패 유저를 봤어

1이름:무명의 대검 유저
기가 막혀

2이름:무명의 창 유저
자세히 좀

3이름:무명의 마법 유저
어떻게 기막힌데

4이름:무명의 대검 유저
서쪽 숲에서 거대 지네랑 캐터필러 수십 마리에 에워싸인 채로 앉
아있더라고

5이름:무명의 창 유저
뭐? 그게 뭔 소리
그러다 죽겠네 ㅋㅋㅋ 아무리 방패라고 해두

6이름:무명의 활 유저
>1
장비 좋았어? 그걸 좀

7이름:무명의 대검 유저
쓱 보기론 초기 장비던데
생각만 해도 구역질이 나
어떻게 송충이나 지네 속에서 태연하게 있을 수 있지

8이름:무명의 마법 유저
그 상황에서 안 죽은 걸 보면 대미지 무효인가?

9이름:무명의 창 유저
그런 게 가능해?

10이름:무명의 활 유저
분명히 베타 테스트 때 검증한 바로는 방어에 올인해도 토끼의 공
격을 막아낼 수 있는 정도였어

11이름:무명의 창 유저
완전 쓰레기잖아

12이름:무명의 방패 유저
나 아마 그 녀석 알아

13이름:무명의 대검 유저
가르쳐 줘

14이름:무명의 방패 유저
플레이어 네임은 모르지만 키가 150 안 되는 미소녀
걷는 속도를 보면 AGI는 거의 0인가 봐
참고로 내가 그 녀석하고 똑같은 짓을 하면 순식간에 녹습니다

15이름:무명의 마법 유저
역시 올인했나? 하지만 숨겨진 스킬이라도 찾았을지도 모르지

16이름:무명의 창 유저
아, 그럴듯한 느낌, 그보다 여자인가, 그것도 미소녀인가

17이름:무명의 활 유저
호오, 거기에 주목했나
나도 그래

18이름:무명의 대검 유저
뭐, 또 정보를 모을 수밖에 없나
상위 플레이어가 되면 자연히 이름도 올라오겠지

19이름:무명의 방패 유저
또 뭔가 알아내면 쓸게

20이름:무명의 마법 유저
정보 제공 감사합니다! (경례)

이렇게 메이플은 모르는 곳에서 조금씩 화제를 모았다.

◆ □ ◆ □ ◆ □ ◆ □ ◆ □

"오늘도 들어왔네……."

이걸로 3일 연속 로그인이다. 리사하고 같이 놀아주려고 시작했지만, 완전히 푹 빠져버렸다.

새 스킬을 입수했을 때의 달성감과 방어력이 오르는 달성감에 중독되어서 무심코 게임기를 켜게 된다.

당사자인 리사는 부모님이 공부하라고 해서 플레이를 할 수 없다고 했다.

"후후후……. 나 혼자서만 재미 보네."

그렇게 오늘도 걸음을 옮기려던 메이플. 하지만 주위를 둘러보다가 어떤 사실을 깨달았다.

"나……. 아직 초기 장비구나!"

장식이라고는 일절 없는 방패에 약해 빠진 단도뿐이다. 주위 사람들을 보면 상위 플레이어인 듯한 사람도 간간이 보이고, 그런 사람들은 멋지게 꾸민 장비를 걸치고 있었다.

잠시 그런 사람들을 살펴보다가, 조금 떨어진 곳에 멋진 방패를 장비한 남자를 발견했다.

메이플은 그 남자에게 뚜벅뚜벅 다가가서 말을 걸었다.

"저기, 그렇게 멋진 방패는 어디 가면 구할 수 있나요?"

"응? 어? 나 말이야?"

남자는 갑자기 말을 거는 바람에 놀란 듯했다.

"예! 그 방패가 멋지네요!"

"어, 어어. 칭찬 고마워……. 이건 오더 메이드야. 생산직 사람에게 돈을 내고 만들어 달라고 했어."

"우우……. 그렇군요. ……."

"그래……. 소개해 줄까? 같은 방패 유저로서 도와야지."

"예! 꼭 부탁드립니다!"

"그럼 따라와."

이게 사기일 가능성도 분명히 존재하지만, 메이플은 이미 머릿속에 방패 생각밖에 없었기 때문에 그런 생각이라곤 요만치도 하지 못했다.

메이플의 행운은 이 남자가 정말로 단순히 친절한 사람이었다는 점이겠지.

그렇긴 해도.

"진짜냐……. 설마 나한테 말을 걸다니……. 나중에 게시판에 써야지."

그렇다. 이 남자는 어느 게시판에서 무명의 방패 유저였다.

두 사람은 잠시 걸어서 어느 가게에 들어갔다.

안에서는 여자 한 명이 카운터 너머에서 작업하고 있었다.

여자는 누가 들어온 기척에 손을 멈추었다가 아는 얼굴임을 알고 말했다.

"어라, 어서 와, 크롬. 어쩐 일이야? 아직 방패를 손보기엔 이를 텐데?"

"어, 대형 방패를 쓰는 뉴비를 발견해서……. 충동적으로 데려왔어."

그렇게 말한 크롬의 뒤에서 메이플이 모습을 보였다.

"어머, 귀엽네……. 크롬, 충동적으로 이 애를 데려온 거야? 이거 신고하는 게 좋으려나?"

그렇게 말하며 여주인이 허공에 파란 패널을 불러냈다.

"자, 잠깐만! 그건 어디까지나 말이 그렇다는 거고!"

"후후……. 알고 있어. 농담이야, 농담."

"휴우……. 심장에 안 좋으니까 그런 농담은 하지 마."

크롬은 그렇게 말하며 숨을 내쉬었다.

"당신도 수상한 사람을 그렇게 쉽게 따라가면 안 되잖아?"

"우우……. 알겠습니다."

"나는 수상한 사람 아니거든?!"

"후후, 뭐, 이야기는 이 정도로 하고, 그래서 본론은?"

"이 애가 멋진 방패를 갖고 싶다길래 서로 안면이라도 트게 해 줄까 해서."

"그렇구나. 내 이름은 이즈. 보다시피 생산직이고, 그중에서도 대장장이 전문이야. 조합 같은 것도 가능은 하지만."

"헤에⋯⋯. 대단해요! 아, 어, 저는 메이플이라고 합니다!"

게임 안에서 처음으로 갖는 교류라서 긴장했지만, 메이플은 무사히 실수하지 않고 이름을 말할 수 있었다.

"메이플이구나. 왜 방패를 골랐어?"

"어어⋯⋯. 아픈 건 싫어서, 방어력을 올릴까 했어요."

"으음⋯⋯. 그래, 그래. 그럼 VIT 특화 장비가 좋겠네⋯⋯. 하지만⋯⋯ 돈, 없지?"

메이플은 예산을 확인했다. 아직 아무것도 사지 않았기 때문에 소지금은 초기치인 3000G였다.

"사, 삼천 G면 될까요?"

메이플은 되든 안 되든 일단 물어보았다.

"후후⋯⋯. 그걸론 모자라. 최소한 100만 G 정도는 있어야지. 뭐, 그 정도는 하다 보면 금방 모이는 법이야."

이즈는 그렇게 말했지만, 지금의 메이플에게는 눈앞이 아득해지는 금액이었다.

"우우우⋯⋯. 한동안 꾸미기는 포기해야겠네요."

"던전에 들어가 본 적은 있어? 던전에는 보물이 많이 있어. 돈을 모을 겸해서 한번 다녀오지 그러니? 뭐, 강력한 방패가 있는지는 모르겠지만."

그 뒤로 메이플은 크롬과 이즈와 프렌드 등록을 하여서 언제든지 연락할 수 있도록 했다.

친절한 두 사람에게 꾸벅 고개를 숙이고 가게를 나섰다.

메이플은 일단 저축과 던전에 가는 것을 현재 목표로 정했다.

"멋진 장비를 갖고 싶어!"

241이름:무명의 방패 유저

방패 소녀 만났다 아니 프렌드 등록했다ㅋㅋ

242이름:무명의 창 유저

뭐?

243이름:무명의 활 유저

어떻게?

244이름:무명의 방패 유저

로그인해서 두리번거리던데 한순간 눈이 마주쳤나 싶더니 달려

와서 말을 걸더라ㅋㅋ

245이름:무명의 대검 유저

방패 소녀 친화력 높구만

246이름:무명의 마법 유저

그래서 그 뒤엔?

247이름:무명의 방패 유저

멋진 방패라고 해서 내가 생산직을 소개해 줄 테니까 따라오라고 하더니 따라오더라

AGI가 너무 낮아서 나를 따라오기도 힘든 모양인지 중간에 몇 번이나 기다려줬고

248이름:무명의 창 유저

너 AGI 얼만데

249이름:무명의 방패 유저

어, 잠깐만. 정리할게

시작한다

파티는 없음

방패를 고른 이유는 공격을 맞고 아픈 게 싫으니까 방어력을 올리고 싶었다고

완전 착하고 활발한 소녀

총평

무진장 좋은 애

아아, 지켜보고 싶다

그리고 너희랑은 정보를 교환하고 싶으니까 내 정보를 공개할게

일단 난 크롬이라는 이름으로 하고 있어

그리고 AGI는 20

너희랑 프렌드 등록하고 싶으니까 내일 올 수 있는 녀석은 22시 경에 광장 분수 앞으로 와 주면 좋겠어

250 이름:무명의 창 유저

정보 땡큐, 근데 너 크롬이었냐!

손꼽히는 상위 플레이어잖아!

251 이름:무명의 마법 유저

진짜 유명인이라서 지렸다

252 이름:무명의 활 유저

좋아, 그 시간이라면 갈 수 있어ㅋ

그보다 AGI 20에게 뒤처지다니, 진짜로 VIT 몰빵일지도

253 이름:무명의 대검 유저

그럼 앞으로 따뜻하게 지켜보는 거면 될까?

254 이름:무명의 창 유저

좋다마다!

255이름:무명의 활 유저
좋다마다!

256이름:무명의 마법 유저
좋다마다!

257이름:무명의 방패 유저
좋다마다!

물론 이 게시판을 메이플이 알 리가 없었다.

3장 방어 특화와 던전 공략.

"던전 탐색이라~. 나도 겨우 모험에 나섰다는 느낌이네!"

메이플은 초기 자금인 3000G를 털어서 만약을 대비한 포션을 샀다.

HP는 고작 40이라서 최하급 포션만 가지고도 충분했다.

거기에 거대 벌의 반지, 그리고【명상】도 있다. 그렇다고 해도 대미지를 받을 만한 상황이 된 시점에서 압도적으로 불리하다는 건 틀림없다.

메이플은 준비를 마치고 던전으로 향했다. 목표로 삼은 던전은 정보 게시판에 적혀 있던【독룡의 미궁】이다.

"【독 내성(중)】이 있으니까 괜찮아!"

이제부터 던전에 간다고 힘차게 마을을 나섰다.

메이플은 숲과 정반대 방향으로 걸어갔다. 여기가 게임 세계가 아니고, 메이플이 방패와 단도를 들고 있지 않다면, 소풍을 가는 걸로만 보일 만큼 마음 편한 행진이었다.

도중에 몬스터의 공격을 몇 차례 받았지만, 대미지도 안 들어오기 때문에 쓰러뜨리지도 않고 피해갔다.

이 주변의 몬스터는 숲의 몬스터보다 머리가 좋은 모양인지, 공격이 안 통하면 얼른 공격을 접고 물러갔다.

이때 목격자는 아무도 없었기 때문에 메이플의 이상한 방어력이 드러나는 일은 없었다.

메이플은 그렇게 걸어가다가, 차츰 주위의 나무들이 마르고 지면이 갈라지는 등 삭막한 풍경으로 변한 것을 깨달았다.

또 부글부글 소리를 내는 늪이 여러 개 눈에 띄었다.

그렇게 걸어가기를 10분.

지면 일부가 솟아오르고 쩌억 입을 벌린 곳이 보였다.

"저기인가?"

메이플이 안으로 들어가니, 안은 생각보다 천장이 높아서 대형 방패도 똑바로 들 수 있을 정도였다.

안쪽으로 들어가자 독살스러운 색깔의 슬라임이나 도마뱀이 벽이나 지면을 기어서 돌격해 왔다.

"에잇! 이얍!"

메이플은 슬라임에게 칼날을 꽂았지만, 그 반투명한 몸속을 떠돌듯이 움직이는 핵을 정확하게 공격할 수가 없어서 대미지로 이어지지 않았다. 하지만 슬라임의 돌격 또한 대미지로 이어지지 않았다.

"으음……. 이렇게 된 이상은 어쩔 수 없지. 먹어라! 방패 프레스!"

방패를 들고 앞으로 쓰러져서 슬라임의 몸 전체를 깔아뭉갰다. 스킬이고 뭐고 아무것도 아니기 때문에 위력을 기대할 수도 없고, 적지에서 쓰러지는 빈틈투성이 공격이다.

다만 빈틈이라고 해도 공격이고 독액이고 모두 대미지 없이 받아넘기는 메이플로서는 생각할 필요가 없는 일이다.

방패 공격은 대미지가 거의 없지만, 슬라임의 핵을 뭉개기에는 충분한 모양이었다. 핵을 공격할 수 있으면 쓰러뜨릴 수 있으니까, 오히려 메이플과는 궁합이 좋은 몬스터였다.

"좋아! 더 안쪽으로 들어가자!"

슬라임에 대처하는 방법도 알았기에 메이플은 성큼성큼 안으로 들어갔다. 더불어서 메이플은 도마뱀을 쓰러뜨리기를 포기했다. AGI가 부족해서 공격하기 전에 다 피해버리기 때문이다.

방패를 들고 지면에 쓰러진 게 몇 번째일까. 그때.

[스킬【실드 어택】을 취득했습니다]

메이플은 재빨리 그 스킬의 설명을 읽었다. 이름에서 대충 내용을 파악했지만 만일을 위해서.

┌───┐
│ 【실드 어택】   │
│ 방패로 공격한다. 위력은 STR에 의존. 넉백 효과(소). │
│   │
│ 취득 조건   │
│ 방패 공격으로 몬스터에게 결정타를 15회 가한다.   │
└───┘

"쓸모가 별로 없겠네……. 하지만 넉백은 셀 것 같아!"

그렇게 메이플은 계속 안으로 들어갔다. 독을 테마로 한 이 던전에서는 여기저기에 독기를 품은 듯한 몬스터와 기믹이 있었다.

메이플이 던전 안으로 계속 들어가자 조금 트인 장소가 나왔다. 여태까지 지나온 장소가 통로라면, 이 트인 장소는 방이란 느낌이었다. 그리고 그 방 중심에는 풀꽃들이 생생한 녹색을 어필하고 있었다.

연보라색 작은 꽃잎이 하늘하늘 흔들리는 모습이 메이플의 눈에 비쳤다.

"예쁘네……. 아이템일까?"

메이플은 꽃 근처까지 가서 웅크려 앉아 꽃잎을 쿡쿡 찔렀다. 그러자 보라색의 꽃잎이 봉오리처럼 모이더니 보라색 안개를 뿜어냈다. 그리고 연쇄하듯이 주위의 꽃도 독기를 품은 안개를 뿜어내기 시작했다.

"우와아?!"

메이플은 방 전체에 퍼진 안개로부터 도망치기 위해 황급히 일어서서 뛰어갔다.

방과 이어진 통로를 한참 뛴 뒤에야 메이플은 숨을 돌렸다.

"위, 위험했다……. 그렇구나, 함정도 있었구나."

진정하고 다시금 발을 옮긴 메이플이 다음에 트인 장소에서 목격한 것은 정말이지 유독해 보이는 보라색 늪이었다. 부글부글 소리를 내며 가스가 늪 안에서 솟구치고 있었다.

"무조건 독이야. 나도 알거든?"

그렇게 말하며 메이플이 무시하며 지나치려고 했을 때, 독늪에서 뭔가가 튀어나와 메이플의 머리를 옆에서 강타했다.

"우와?! 뭐, 뭐야?!"

메이플이 주위를 두리번거리며 확인하자, 발밑에 팔짝팔짝 뛰는 날치 같은 생선이 있는 것을 깨달았다.

"이, 이거?"

메이플은 독늪 쪽을 가만히 바라보았다. 그러자 거기서 뛰는 물고기의 모습을 볼 수 있었다.

"깜짝 놀랐네……."

메이플은 돌격해 온 날치만 신중하게 방패로 뭉갠 뒤 다른 날치는 무시하고 발을 옮겼다.

몬스터나 트랩을 빠져나오고, 슬라임과 놀면서 드디어 도착한 최심부.

눈앞에는 메이플의 세 배는 되는 거대한 문.

메이플은 두 짝이 맞닿은 문을 힘줘서 열었다.

끼끼긱 하고 녹슨 듯 불쾌한 소리를 내면서 문이 열리고, 방의 전모가 드러났다.

여기저기에 독늪이 있고, 연보라색 기체가 가득했다.

메이플이 그 방에 조심조심 들어가는 동시에.

뒤에 있는 문이 요란스럽게 닫혔다.

"히잉?!"

그 짧은 비명을 지우듯이 독늪에서 용이 모습을 보였다. 하지만 그것도 단순한 용이 아니었다.

군데군데가 녹아서 뼈가 보이게 썩어버린 몸. 길게 뻗은 세 개의 목. 일부가 없어진 안구 뒤로는 시커먼 어둠이 보였다. 용이 포효하고 보라색 안개가 흩어졌다. 독늪에 들어있던 독룡은 도중에 만난 몬스터와 비교도 안 되는 존재감을 뿌리고 있었다.

"이, 이게 독룡?!"

메이플의 동요하든 말든 독룡이 그 입을 크게 벌리고 메이플을 향해 독액을 뿜어냈다. 메이플이 재빨리 방패로 몸을 가렸을 때 진한 독 브레스가 메이플을 덮쳤다.

독이 지면에 질척하게 고이는 가운데, 메이플은 감았던 눈을 떴다. 메이플 자신은 거의 다친 데가 없었지만, 장비는 그렇지 않았다.

"바, 방패랑 단도가……."

부식되어 엉망으로 망가진 그것들은 이미 장비의 역할을 다할 수 없겠지. 다행히 글러브 안에 낀 반지는 멀쩡했다.

그리고 그 순간.

메이플의 VIT는 방패의 【VIT 28】을 【절대방어】와 【자이언트 킬링】효과로 네 배로 만들었던 수치만큼, 즉, 112가 떨어졌다.

그 바람에 독룡이 내뱉은 브레스의 대미지가 들어오게 됐다.

한 방 맞을 때마다 3 대미지. 메이플의 체력은 첫 브레스에서 1 줄어들었다.

즉, 이대로 앞으로 열세 발 더 맞으면 확실히 죽는다.

"후우…… 집중! 【명상】!"

메이플은 차분함을 되찾고 집중력을 높였다.

이번에는 대미지 때문에 통증이 퍼지는 와중에서 하는 【명상】이다. 【명상】은 집중력을 계속 높여야만 효과가 있다.

반지와 【명상】, 그리고 있는 돈을 다 털어서 구입한 포션. 그걸 다 쓴다. 메이플이 노리는 것은 더 상위의 【독 내성】. 그것이 유일한 기회다.

【명상】하는 동안은 고통도, 공포도 흐릿해진다. 마치 메이플의 몸이 녹아버리는 것처럼 아무것도 느껴지지 않는 것이다.

그렇게 계속 견디면서 HP가 20퍼센트 이하로 내려갔을 때 포션을 마셨다.

이걸 반복했다.

회복력이 대미지를 따라가지 못한다. 포션이 먼저 바닥날까, 내성을 먼저 손에 넣을까.

어느 쪽이 먼저일까.

잠시 버티자 메이플의 머릿속에 목소리가 울렸다.

[스킬【독 내성(중)】이【독 내성(대)】로 진화했습니다]

염원하던 그 목소리에도 메이플은 기뻐하지 않았다.

아직 피부를 태우는 고통은 남아 있다.

아직 내성이 부족하다.

더 성장할지 어떨지도 잘 모르는 내성 스킬이지만, 메이플은 그 도박에 나설 수밖에 없었다.

마지막 포션도 바닥났을 무렵.

"하하…… 해냈다……."

메이플의 머릿속에 【독 무효】라는 스킬의 취득을 알리는 메시지가 울려 퍼졌다.

지금이라면 쏟아지는 브레스조차 기분 좋게 느껴진다.

하지만 쉬고만 있을 수는 없다. 체력을 회복하면서 메이플은 생각했다.

그래. 무기가 부서진 지금. 어떻게 이 용을 쓰러뜨려야 할까. 용의 공격은 노 대미지. 하지만 메이플의 공격도 물론 노 대미지다.

뾰족한 수가 없다.

게다가 죽든가 적을 쓰러뜨리지 않으면 이 방에서 나갈 수 없다. 로그아웃하면 탈출할 수 있지만, 모처럼 아픈 상황에서 애썼으니까 뭔가 보상이 필요했다. 이렇게 절박한 상황은 개발진조차 예상하지 않았던 사태겠지.

"우우우……. 뭐, 이것저것 시험해 봐야지! 내일도 쉬니까!"

그래, 다행히 내일도 학교가 쉬는 날이다. 메이플은 시간을 넉넉히 쓸 수 있었다.

이것도 안 된다, 저것도 안 된다, 그렇게 한참 고민하고 시험해도 답을 얻지 못한 메이플은 드디어 어떤 행동에 나섰다.

"용 고기, 녹아서 부드러울 것 같고…… 【독 무효】라면 먹을 수 있을지도!"

독 브레스를 맞으면서 독룡의 몸으로 다가갔다.

그리고. 메이플은 두 손을 모으고.

"……잘 먹겠습니다."

그 등을 덥썩 깨물었다.

"우……. 별로 맛이 없어."

메이플은 얼굴을 찌푸렸다.

잠깐 관찰하면서 안 사실은, 씹은 부분은 재생되지 않는다는 점이었다. 하지만 어떻게 된 원리인지 그냥 떼어냈을 뿐이라면 떨어져 나온 살이 역재생처럼 원래 있던 장소로 돌아갔다. 대미지도 들어가지 않았다.

"역시 먹어야 하나……"

독룡 고기는 살짝 쓴맛이 있어서 메이플이 싫어하는 피망을 연상하게 했다.

그래도 먹지 않으면 이 방에서 나갈 수 없으니까 코를 잡고 울상을 하면서 먹었다.

메이플의 아군은 이 게임에서는 배가 부르지 않는다는 점이다. 맛은 느껴져도 배는 차지 않았다.

"우물우물……. 아, 독룡아……. 브레스 뿌려줘서 고마워.

우물우물…… 매운맛이 나서 피망 맛이 사라졌어…….”

그렇게 동체를 먹어 갔다. 그리고 다섯 시간 정도 계속 먹은 결과. 동체 부분이 뼈만 남았다.

다음은 꼬리. 메이플이 꼬리 쪽으로 미끄러져 내려갔을 때, 독룡의 뼈가 후두둑 무너지고 독룡 자체가 움직이지 않게 됐다. 그리고 독룡은 빛이 되어서 그대로 사라졌다.

시스템의 허를 찌를 대로 찔러, 메이플은 결국 독룡을 쓰러뜨린 것이다.

그와 동시에 독룡이 있던 자리에 빛나는 마법진과 커다란 보물상자가 나타났다.

[스킬【독룡포식자】를 취득했습니다. 이것으로【독 무효】가【히드라】로 진화했습니다]

[레벨18이 되었습니다]

메이플은 일단 스테이터스 포인트 20을 예전처럼 VIT에 몰아주었다.

이걸로 VIT의 기본 수치는 150이 됐다.

“좋아……. 방어가 또 단단해졌어!”

이어서 스킬을 확인했다. 메이플도 설마【히드라 이터】같

은 스킬이 있을 줄은 몰랐다.

```
【히드라 이터】
독, 마비를 무효화한다.

취득 조건
독룡을 HP 드레인으로 쓰러뜨린다.
```

먹는 것은 HP 드레인 취급이었다. 다만 이런 짓을 하는 플레이어가 메이플 말고도 더 있을지는 매우 의심스럽다.

식사로 HP가 소량이나마 회복되는 건 사실이다.

하지만 의도한 취득 방법이 아니라는 건 명백했다. 오히려 그쪽이 훨씬 난이도가 낮겠지. 누가 좋다고 독룡의 썩은 살을 먹을까.

이것을 본 메이플은 전율했다.

```
【히드라】
독룡의 힘을 자유자재로 다룰 수 있다.
MP를 소비하여 독 마법을 사용할 수 있다.

취득 조건
독 무효를 취득한 상태로 독룡을 HP 드레인으로 쓰러뜨린다.
```

"처, 처음으로 나한테 제대로 된 공격수단이 생겼어! 게다가 독이라니 궁합도 좋아!"

일단 맞고서 견디기만 하면 되는 메이플의 VIT를 최대한으로 활용할 수 있다.

"하지만 MP가 문제인데……. VIT에 몰아주고 싶고……."

끙끙 고민하던 메이플은 보물상자의 존재를 떠올리고 생각을 중단했다.

그 보물상자는 꽤 커서 좌우로 3미터, 안쪽으로 2미터, 높이는 1미터 정도의 직육면체였다.

처음 보는 보물상자에 메이플은 꿀꺽 침을 삼켰다. 긴장과 흥분으로 가슴이 고동쳤다.

메이플은 천천히 뚜껑을 들어서 내용물을 확인했다.

"오오오오오오오오오오오오!"

메이플은 흥분한 나머지 크게 외쳤다.

그 안에 들어있던 것은 검은색 바탕에 군데군데 선명한 붉은색 장식이 달렸고, 중심에는 붉은 결정이 박힌 대형 방패.

그리고 중후한 빛을 뿜는 장미 장식이 너무 눈에 띄지 않으면서도 확실한 존재감을 가지도록 새겨진, 대형 방패와 잘 어울릴 듯한 갑옷.

그리고 칼집에 아름답게 빛나는 석류석이 박힌, 차분한 감이 있는 칠흑색 단도.

"우우…… 최고! 멋져!"

메이플은 그것들을 손에 들고 하나씩 설명을 보았다.

【유니크 시리즈】
보스와의 첫 전투에서 단독으로 격파하여 던전을 공략한 자에게 주어
지는, 공략자만을 위한 유일무이한 장비.
한 던전에 하나뿐. 취득한 자는 이 장비를 양도할 수 없다.

【어둠의 모조품】
【VIT +20】【파괴 성장】
스킬 슬롯 : 비었음

【흑장미의 갑옷】
【VIT +25】【파괴 성장】
스킬 슬롯 : 비었음

【초승달】
【VIT +15】【파괴 성장】
스킬 슬롯 : 비었음

그야말로 메이플 전용 장비다. 단도까지 VIT 강화라서 제대
로 된 공격을 포기했다. 메이플 말고 다른 사람이 써도 그 강
함을 제대로 발휘할 수 없을 장비였다.

"스킬 슬롯과 【파괴 성장】은 돌아가서 살펴봐야지!"

메이플은 세 장비를 소중히 인벤토리에 갈무리하고, 마법진의 빛에 휩싸여서 던전에서 마을로 전송됐다.

◆ □ ◆ □ ◆ □ ◆ □ ◆

메이플은 마을에 돌아오자마자 얼른 그 자리를 떠나서, 얼마 안 남은 돈으로 여관의 방을 하나 빌렸다.

이 게임 안에서도 수면을 취할 수 있기 때문에 여관이라는 설비가 있지만, 오늘 메이플의 목적은 거기서 묵는 게 아니었다.

"먼저 확인부터 하자."

【파괴 성장】
이 장비는 파괴되면 될수록 보다 강력해져서 원래 형태로 돌아온다.
수복은 순식간에 이루어지기 때문에 파손 시 수치상의 영향은 없다.

【스킬 슬롯】
자신이 가진 스킬을 버리고 무기에 부여할 수 있다.
이렇게 부여한 스킬을 되돌릴 수 없다.
부여한 스킬은 하루 5회, MP 소비 0으로 발동할 수 있다.
그 이후로는 보통 소비 MP와 똑같이 필요하다.
슬롯은 15레벨마다 1개씩 해방된다.

"후후…… 멋지고! 강해!"

슬롯이 추가된다는 것을 확인한 메이플은 망설임 없이 단도 【초승달】에 【히드라】를 부여했다. 이걸로 걱정했던 MP 문제도 해소된다.

"그리고 고대하던~ 장비~."

메이플은 모든 장비를 장비하고 거울로 그 모습을 확인했다. 초기 장비와 비교도 되지 않을 만큼 강해 보이는 오라가 느껴져서 메이플은 만족했다.

"오오오오오! 나 진짜 멋지잖아!"

그 뒤로 한 시간 정도 그 장비에 익숙해지는 의미를 포함하여 거울 앞에서 포즈를 취했다.

"후후후……. 그리고 드디어 외출!"

멋진 외출복을 입고 나가는 것 같아서 사실 무척 긴장한 메이플이었다.

예상대로 상위 플레이어 이상으로 눈에 띈다고 해도 과언이 아닌, 압도적 존재감을 띠는 그 장비에 주목하는 사람이 많이 나타났다. 다만 메이플은 그 시선의 대부분을 깨닫지 못했다.

이미 밤도 늦었지만, 한 번 더 사냥을 나가자 싶어서 메이플은 마을 밖으로 발길을 돌렸다.

4장 방어 특화와 비밀 특훈.

칠흑의 장비를 입고 분수가에 앉아 메이플은 고민했다.

좀처럼 레벨이 오르지 않고 있다.

현재 메이플의 레벨은 18. 현재 최고 레벨은 48이다. 메이플은 처음에 이 게임에 전혀 흥미가 없었기 때문에 시작이 늦었다. 이대로 가다간 레벨 격차는 더욱 벌어질 뿐이다.

그럼 왜 메이플의 레벨업 속도가 늦냐 하면, AGI가 부족하기 때문에 레벨을 올릴 수 있을 만큼 강력한 적이 있는 곳으로 쉽사리 갈 수 없기 때문이다.

"으음……."

메이플은 정보 게시판과 눈씨름하면서 유용한 스킬을 얻을 수 없을까 생각했다.

이렇게까지 진지하게 생각하는 이유는 어제 운영이 보낸 이벤트 공지 때문이다.

그래, 앞으로 일주일 뒤에 이벤트가 시작된다. 이벤트 내용은 포인트식 배틀 로얄. 참가자 전원이 다른 플레이어를 쓰러뜨린 숫자와 사망 횟수를 가지고 겨루는 것이다.

그 외에도 상대에게 준 대미지나 입은 대미지에 따라서도 포인트가 들어오는 모양이다.

그리고 상위 열 명에게는 한정 기념품을 준다고 했다.

"한정이라고 하니까 욕심이 나네……. 우우!"

메이플은 아무리 불필요한 상품이라도 기간 한정이라고 하면 사는 인간이었다. 한정이라는 것은 악마의 말이다.

그래서 이 레벨 격차를 뒤집을 전법을 고민했다.

"우우……. 일단 이걸로 가자!"

메이플은 게시판과 눈씨름을 멈추고 북쪽을 향해 걸어갔다.

그래, 메이플은 몰랐다.

자기 방어력이 얼마나 이상한지를.

"내일은 쉬는 날이니까……. 여기서 하룻밤 자고 스킬을 발굴해 주겠어!"

메이플의 인벤토리에는 침낭이 있었다. 이게 있으면 밖에서 안전하게 시간을 보낼 수 있다. 1회용 싸구려 아이템이지만, 소재를 팔아서 조금씩 모은 돈으로 간신히 산 것이다.

메이플은 장비는 화려했지만 돈이 없었다.

그리고 메이플이 간신히 도달한 곳은 북쪽의 숲.

여기서 1박 2일로 사냥하는 사냥감 중 하나는 폭발무당이라는 자폭공격을 하는 무당벌레였다.

그리고 또 한 종류는 여러 게임에서 익숙한 고블린이다.

"좋아…… 【도발】!"

메이플의 몸에서 빛이 원형으로 날아가고 몬스터가 모여들었다. 메이플은 그중 고블린만을 상대했다. 고블린의 숫자는 다섯 마리. 다른 몬스터의 공격은 노 대미지라서 메이플은 일부러 방치했다.

고블린은 그 조악한 검으로 메이플을 공격하려고 들었다. 하지만 아무리 메이플이 【AGI 0】이라고 해도 정면에서 공격해올 뿐인 상대라면 큰 방패로 못 막을 것도 없다. 몸을 움츠리면 방패는 메이플의 몸을 대부분 지켜준다.

확실히 막아내고 튕긴다. 수수하지만 이걸 거듭하는 것이다. 고블린은 다섯 마리. 효율은 다섯 배다.

[스킬【대형 방패의 소양Ⅰ】을 취득했습니다]

이건 정보 게시판에 올라온 내용대로 기본적인 스킬이기 때문에 메이플도 예습을 마쳤다.

방패를 장비했을 때 적의 대미지를 1퍼센트 깎아준다. VIT를 올리는 게 아니라 대미지 감소 스킬을 하나씩 익혀서 방어력을 올릴 생각이다.

"【도발】!"

또 고블린들을 불러내어서 열 마리에게 맞는 것으로 보다 효율을 올린다.

【대형 방패의 소양 I】은 몇 시간 동안에 【대형 방패의 소양 IV】까지 성장했고, 대미지를 4퍼센트 깎아주게 됐다.

또한 【몸놀림】과 【공격 피하기】 스킬도 입수했다. 효과는 양쪽 다 입는 대미지 1퍼센트를 깎아준다.

"이 정도면 될까."

그렇게 오늘도 애써 준 고블린을 【실드 어택】으로 뭉갰다. 그렇다고 해도 일격에 잡을 수 없어서 메이플은 몇 번이나 방패로 때렸다.

[스킬 【극악무도】를 취득했습니다]

여기서 메이플이 예상하지 않았던 스킬이 손에 들어왔다.

메이플의 플레이어 스타일이 다른 플레이어와 전혀 다르게, 견디고 견뎌서 시간을 투자하는 것이라서 다른 플레이어가 그다지 손쉽게 발현할 수 없는 스킬만 손에 들어오는 것이다.

【극악무도】
상대의 공격을 일부러 맞을 때마다 【VIT +1】 효과를 받는다.
다만 효과는 스킬 발동에서 하루 동안.
상한은 【VIT +25】

취득 조건
쓰러뜨릴 수 있는 상대의 공격을 일부러 맞는 시간이 일정치를 넘는
다. 또한 그때까지 데스 페널티를 한번도 받지 말아야 한다.

"기쁜 오산이야!"

폴짝폴짝 뛰고 싶은 마음을 억누르며 메이플은 숲 안쪽으로
들어갔다.

그래, 이번에 메이플은 이 게임을 시작하고 처음으로.

미발견 스킬을 찾으러 가는 것이다.

폭발무당은 그 말처럼 폭발하는 무당벌레로, 사이즈는 보통
무당벌레의 두 배 정도 될까. 경험치도 짜고, 서식지가 숲속
이기 때문에 사냥하기 힘들고, 게다가 사이즈 때문에 회피하
기 어렵고 받는 대미지도 크다. 따라서 사냥터로 쓰이는 일도
없어서 여기는 메이플이 독점했다.

메이플은 서식지까지 와서 【도발】로 무당벌레들을 불러들
였다. 사람들이 거의 잡지 않은 탓에 대량으로 날아온 무당벌

레에게 메이플은 초승달을 칼집에서 살짝 뽑았다.

"【패럴라이즈 샤우트】."

샤우트(외침) 치고는 조용하지만, 그래도 키잉 하는 소리가 울렸다.

초승달에 부여한 스킬은 원래 독룡의 것이고, 기술 이름은 용이 쓰던 것이 대부분이다.

소리를 트리거로 삼는 다소 특수한 스킬이기 때문에, 메이플은 칼집에 단도를 넣을 때의 키잉 소리를 트리거로 삼았다.

이유는 멋지기 때문이다. 거기에 깊은 이유 따위는 없었다.

무당벌레가 풀풀 지면에 떨어지는 것을 만족스럽게 바라보는 메이플.

그리고 메이플은 웅크려 앉아서 눈을 감더니.

무당벌레를 하나씩 먹기 시작했다.

"아……. 팍팍 터지는 과자 같은 느낌! 눈을 감으니까 별거 아니네. 아니지, 이미 독룡도 먹었으니까 이 정도야……."

메이플이 아무 생각도 없이 이런 행동을 하는 게 아니다.

메이플의 생각이 옳았음은 무당벌레를 50마리 정도 먹었을 때 증명됐다.

[스킬【악식】을 취득했습니다]

[스킬【폭탄포식자】를 취득했습니다]

"그럼…… 이제 안 먹어도 되겠네."

메이플은 새로 입수한 스킬을 확인했다.

```
【악식(惡食)】
모든 것을 삼켜서 양식으로 바꾸는 힘.
마법이나 공격, 아이템을 자신의 MP로 변환할 수 있다.
용량이 초과된 마력은 마력결정이 되어 몸 안에 축적된다.

취득 조건
치사성 독극물을 일정량 경구 섭취한다.
```

```
【봄 이터】
폭발계 대미지를 50퍼센트 깎는다.

취득 조건
폭발무당을 HP드레인으로 처치한다.
```

"좋은 스킬이다! 하아~, 열심히 먹은 보람이 있었어~."

메이플은【악식】을【어둠의 모조품】에 부여했다.

【악식】은 상시 발동이라서 횟수 제한에는 관계가 없다. 또한 이걸로 마법공격과 직접 받아낸 상대의 무기를 먹어서 무효화할 수 있다.

"그리고 마력결정으로 바꾸어서 【초승달】로 큰 마법을 쓴다! 후헤헤…… 멋져…….”

초승달을 뽑아서 앞으로 훅 뻗으며 포즈를 취했다. 이미지 트레이닝은 지나칠 만큼 완벽했다.

"사실은 폭발계 마법을 찾으러 왔지만…… 결과가 좋으니까 됐어!”

이제는 기한까지 열심히 레벨을 올릴 뿐이다.

과연 메이플의 첫 이벤트는 어떻게 될까. 메이플은 이벤트 당일을 생각하면서 레벨을 올렸다.

5장 방어 특화와 이벤트 개시.

그리고 드디어 이벤트 당일이 찾아왔다. 메이플은 마지막 스테이터스 체크를 위해 파란색 패널을 띄웠다.

```
메이플
 Lv 20  HP 40/40           MP 12/12

 【STR  0】                 【V I T   160〈+66〉】
 【AGI  0】                 【DEX  0】
 【INT  0】
```

```
장비
 머리  【없음】            몸     【흑장미의 갑옷】
 오른손【초승달 : 독룡】     왼손   【어둠의 모조품 : 악식】
 다리  【흑장미의 갑옷】    신발   【흑장미의 갑옷】
 장식품【포레스트 퀸비의 반지】
      【없음】
      【없음】
```

```
스킬
 【실드 어택】
 【몸놀림】【공격 피하기】【명상】【도발】
 【대형 방패의 소양 IV】
 【절대방어】【극악무도】【자이언트 킬링】【히드라 이터】【봄 이터】
```

"좋아! 준비는 됐어. 대미지를 안 받으면 좋겠는데…….."

또한 대인 전투는 처음이다. 긴장하는 것도 당연하겠지.

시작 지점인 광장에서 잠시 기다리자 참가자가 속속 모였다.

공중에는 대형 스크린이 떴다. 그걸로 재미있는 플레이어를 중계하려는 것이다. 생산직이나 이벤트에 참가하지 않는 사람들이 주로 그것을 지켜본다.

"그러면 제1회 이벤트! 배틀 로얄을 시작하겠습니다!"

여기저기서 '우오오오오!' 하는 함성이 일었다. 메이플도 조금 부끄러워하면서 손을 쳐들고 소리쳤다.

그리고 대음량으로 안내방송이 나왔다.

"그러면 다시 룰을 설명하겠습니다! 제한시간은 세 시간. 스테이지는 이벤트를 위해 신규 제작한 전용 맵입니다! 쓰러뜨린 플레이어의 숫자와 쓰러졌던 횟수, 그리고 받은 대미지와 준 대미지. 이 네 가지 항목으로 포인트를 산출하여 순위를 정하겠습니다! 또한 상위 열 명에게는 기념품이 증정됩니다! 힘내 주세요!"

그렇게 말을 마치자 스크린에는 전이까지 남은 카운트다운이 표시되고, 그게 0이 된 순간 메이플을 포함한 전원이 빛에 휩싸여서 전이했다.

"응…… 여기는?"

메이플은 눈부심이 사라진 것을 깨닫고 천천히 눈을 떴다.

아무래도 다 쓰러져 가는 폐허의 중심에 있는 광장인 듯하다.

주위를 쓱 둘러보니 아무도 없었다. 긴장했던 메이플은 갑작스럽게 전투가 벌어지지 않을 듯한 상황에 다소 안도했다.

"어차피 뛰어가도 아무도 따라잡을 수 없고…… 여기서 기다리기로 할까!"

메이플은 커다란 벽돌 위에 앉아 다른 플레이어가 습격하기를 기다렸다. 메이플은 편히 있으면서도 방패만큼은 손에 놓지 않고 있었다.

잠시 지면에 막대기로 그림을 그리며 기다리자, 여기저기서 부스럭부스럭 소리가 들렸다.

"왔구나!"

그렇게 생각하며 고개를 들자, 이미 검을 휘두르면 닿을 정도의 거리에 와 있었다.

"잡았다!"

이전의 메이플이라면 받아낼 수 없었겠지만, 지금의 메이플은【대형 방패의 소양 Ⅳ】를 가졌다. 몸이 예전보다 매끄럽게 움직여 방패로 검을 받아내고.

그걸 삼켜서 없애버렸다.

"어? 우, 우와아아아아!"

공격한 남자는 방패에 검이 튕기지 않았기 때문에 검을 들었던 손부터 방패에 부딪쳤다가 그 반신이 빨려들어서 입자로 변해 사라졌다. 메인 웨폰을 잃은 지금, 그는 전선에 복귀할 수 없으니 관전자가 될지도 모른다. 물론 서브 장비가 있다면 이야기는 별개겠지만, 그래도 힘든 전투가 되겠지.

그리고 그 생명은 예쁜 붉은색 결정이 되어서 방패의 장식으로 떠올랐다.

"그림을 마저 그려야지!"

그리고 또 메이플은 빈틈 많은 모습을 보이며 지면에 그림을 그리기 시작했다.

그래, 즐겁게 그림을 그리는 메이플은 정말로 빈틈투성이다. 노리고 그러는 것은 아니지만, 결과적으로 이번에는 3인 파티를 낚았다.

파티를 짜는 것은 반칙이 아니다. 파티 멤버 중 한 명을 10위 안에 넣으려고 결속한 것이다.

검사인 남자가 달려왔다. 아무런 잔재주도 없는 직선 돌격이다. 그래도 【AGI 0】인 메이플이 보기엔 매우 빨랐다.

하지만 10미터의 거리를 좁히는 것과 메이플이 초승달을 칼집에 넣는 소리를 내는 것에는 아무래도 속도에서 차이가 났다.

"【패럴라이즈 샤우트】."

키잉 하는 기분 좋은 소리가 울리며 세 플레이어가 풀썩 쓰러졌다.

그리고 방패의 붉은 결정이 챙 소리를 내며 깨졌다. 메이플은 방패를 들고 일어섰다.

"으흠……. 내 승리야!"

이번에는 메인 웨폰이 파손되지 않도록 머리만 방패에 댔다. 그 순간 검사 플레이어는 빛의 입자가 되어서 사라졌다.

마찬가지로 다른 두 명도 쓰러졌다.

붉은 장식이 빛을 더하고 대형 방패에 새로운 붉은 결정이 생겼다.

"방패는…… 생각보다 세구나!"

이런데도 인기가 없는 걸 알 수 없다는 듯이 고개를 끄덕이고 다시금 자리로 돌아갔다.

그런 괴물 같은 방패 유저는 너뿐이라고 말하는 사람은 이 자리에 아무도 없었다.

【NWO】제1회 이벤트 관전석 3

241이름:무명의 관전자
역시 우승은 페인일까?
게임 최고 레벨이고 혼자 쓸어버리고 있잖아

242이름:무명의 관전자
녀석은 장난 아냐
움직임이 완전 인간이 아냐 ㅋㅋ

243이름:무명의 관전자
하지만 역시 순조롭게 이겨나가는 건 유명한 유저들이네

244이름:무명의 관전자
상위 플레이어가 센 거야 당연하지

245이름:무명의 관전자
어? 뭐야, 쟤…… 장난 아닌데?

246이름:무명의 관전자
우와, 지금 나오는 쟤, 세다

247이름:무명의 관전자
잠정 성적 랭킹
메이플이라는 방패 유저
120명 해치우고, 입은 대미지가 무려 0

248이름:무명의 관전자
what?!

249이름:무명의 관전자
치트? 아니…… 그건 아닐까

250이름:무명의 관전자
그보다 그만큼 활약하면 슬슬 스크린에 나오지 않을까

251이름:무명의 관전자
이 녀석인가? 지금 나오는 거

252이름:무명의 관전자
방패가ㅋㅋ 검을 먹고 있어ㅋㅋ
이거 뭐야ㅋㅋ

253이름:무명의 관전자
얼굴은 예쁜데 하는 짓은 장난 아닌데
상태 이상이랑 저 방패로 거의 무저항으로 짓밟고 있어

254이름:무명의 관전자
근데 움직임 느리지 않아?
아까부터 카운터만 치는데

255이름:무명의 관전자
분명히 저렇게 움직이면 대미지를 입는 게 보통인데
말하자마자…… 어?

256이름:무명의 관전자
어?

257이름:무명의 관전자
어?

258이름:무명의 관전자
저 녀석, 머리에 떨어지는 대검을 어떻게 그냥 튕겨낸 거야?

259이름:무명의 관전자
어? 진짜로 그런 게 가능해?

260이름:무명의 관전자
되면 다들 했지

261이름:무명의 관전자
방패나 상태이상보다, 본체 쪽이 이해가 안 되고 기막힌데 이거
————————————————————————————

　자리는 바뀌어서 이벤트 지역, 슬슬 앉아만 있기에도 질린 메이플은 외길을 따라 걸어갔는데.
　정면에서 우루루 나타났다. 그 숫자는 자그마치 50명.
　파티를 짜는 사람은 몇 번 봤지만, 50명이라는 숫자는 본 적이 없었다.
　그 대부분이 마법사인지 메이플을 보자 즉각 지팡이를 쳐들고 마법을 날렸다.
　아마도 그렇게 외길에서 몇 번이나 플레이어를 사냥했겠지.
　그 움직임은 막힘없어서 익숙한 느낌이었다.

　"큰 마법으로 날려버려야지!"
　마력결정이 너무 쌓여서 검은 방패가 붉은 방패가 됐다. 메

이플도 슬슬 소비하고 싶은 참이었다.

이제 마력결정은 필요 없으니까 50명 가까운 마법사들이 날린 마법을 그대로 받아냈다.

상대의 마법이 끝났을 때. 메이플은 허리의 단검을 뽑았다.

최대 위력의 공격은 칼날 전체를 보여서 행한다.

도신에서 보라색 마법진이 전개되고 보라색 빛이 넘쳐났다.

"【히드라】!"

세 개의 머리를 가지고 온몸이 극독인 독룡이 방패의 마력결정 전체와 맞바꾸어서 전방의 삼면을 독의 바다로 바꾸었다.

마법사 집단 외에도 휘말린 이들도 있어서, 근처 플레이어들이 죄다 날아갔다.

———————————————————————

295이름:무명의 관전자
완전 괴물이잖아

296이름:무명의 관전자
이상한 점
방어계 스킬 발동 없이 순수 VIT 수치로 마법을
전부 노 대미지로 받아냈다
무식한 위력의 마법

저 녀석 스텟이 어떻게 된 거야?

297이름:무명의 관전자
마법을 맞은 건 갑옷에 뭔가 사기 스킬이 붙어서 그런 거 아냐?

298이름:무명의 관전자
대규모 스킬은 대부분 스킬 이펙트가 있으니까 갑옷이 안 빛나는
걸 보면 아무것도 없을 거야
아마도
100퍼 그렇다는 건 아니지만

299이름:무명의 관전자
응
나도 현시점에서 갑옷에는 아무것도 없다…고 생각해

300이름:무명의 관전자
아니, 저 걸어다니는 요새는 뭐냐고ㅋㅋ

301이름:무명의 관전자
걸어다니는 요새 보고 빵 터짐

————————————————————————————

앞으로 시간은 한 시간 남았다. 앞으로 한 시간 동안에 모든 순위가 결정된다.

그런 긴장감 속에서.

대음량으로 안내방송이 울렸다.

"현재 1위는 페인 씨, 2위는 드레드 씨, 3위는 메이플 씨입니다! 앞으로 한 시간 내로 상위 세 명을 쓰러뜨리면 득점의 30퍼센트가 양도됩니다! 세 사람의 위치는 맵에 표시되어 있습니다! 그럼 마지막까지 힘내 주세요!"

"아무래도 간단히 끝내게 해 주지 않을 모양이군."

위기감을 느끼지 않는 기색인 페인.

"우엑, 진짜? 귀찮아지겠네."

노골적으로 지루한 눈치인 드레드.

"와아! 내가 3등이야!"

기뻐하는 메이플.

삼인삼색의 반응을 각지에서 보이는 가운데, 이벤트는 클라이맥스로 치달았다.

앞다투어 세 사람의 목을 노리는 플레이어들이 달려갔다.

"찾았다! 저 녀석이다!"

숲에서 우글우글 뛰어나오는 플레이어들.

그중에는 당연히 AGI에 많이 투자한 사람도 있다.

그 속도에 따라갈 수도 없어서, 목에 나이프가 닿았다.

"어? 뭐, 뭐야??"

하지만 그런 건 메이플에게 통하지 않는다.

확실히 끝냈다고 생각하던 적 플레이어는 다음 움직임으로 넘어가기 전에 방패에 잡아먹혔다. 그 뒤에도 몇 명이 달려들었다가 어째서인지 안 박히는 칼을 불평하며 잡아먹혔다.

그런 광경을 몇 번이나 보게 되니 플레이어들도 신중해져서 슬금슬금 거리를 좁히기 시작했다. 특히나 일격필살의 방패를 의식하는 자가 많았다.

하지만 메이플의 공격은 방패가 아니라 단도로 하는 것이란 사실을 플레이어들은 잊고 있었다.

"【치사독의 숨결】."

메이플이 초승달을 절반쯤 뽑자 칼집에서 진한 보라색 안개가 흘러나왔다.

"【패럴라이즈 샤우트】!"

픽픽 쓰러지는 플레이어들이 치사독을 피할 수 있을 리도 없어서. 가장 앞부터 순서대로 입자로 변했다.

결국. 플레이어들은 메이플의 포인트가 됐을 뿐이다.

"종료! 결과적으로 1위~3위의 순위 변동은 없었습니다. 그럼 지금부터 표창식을 시작하겠습니다!"

메이플의 눈앞이 하얗게 물드나 싶더니, 장소가 이벤트를 시작한 광장으로 변했다.

1위부터 3위까지 단상에 올라오라는 말에 메이플도 올라갔다. 메이플은 똑바로 앞을 보고 서려고 했지만, 시선이 너무 많아서 부끄러워진 나머지 얼굴을 붉혔다.

그리고 긴장 때문에 머리가 새하얗게 됐을 때 마이크가 넘어왔다.

"다음은 메이플 씨! 한 말씀 해 주세요."

다음이란 걸 보면 두 사람은 이미 말한 거겠지만, 메이플은 긴장한 나머지 전혀 듣지 않았다.

"어? 어? 예? 어어, 저기, 열심히 견디길 자래쏩이다."

메이플은 말이 꼬였다.

그것도 성대하게 꼬였다.

게다가 무슨 말을 해야 좋을지 몰랐기 때문에 하는 말 자체도 엉망진창이었다.

메이플은 너무 부끄러워서 앞을 보지도 못했기 때문에 그 모습을 많은 플레이어들이 동영상으로 기록하는 것도 알지 못했다.

메이플은 기념품을 받아서 얼른 숙소로 돌아갔다.
그날 밤. 게시판은 메이플이 귀엽다는 화제와 메이플이 강하다는 화제로 떠들썩했다.

6장 방어 특화와 스테이터스 고찰.

【NWO】메이플의 수수께끼【고찰】

1이름:무명의 창 유저
스레드 만들었다

2이름:무명의 대검 유저
음
의제는 우리의 메이플에 대한 것이다

3이름:무명의 마법 유저
솔직히 페인보다 더하다는 느낌
왜 3위야?

4이름:무명의 창 유저
초반에 폐허에서 그림이나 그렸으니까

5이름:무명의 활 유저

완전 귀여운데 ㅋㅋ

6이름:무명의 방패 유저

그거 진짜로 방패 맞나 불안해

아, 참고로 나는 9위였습니다

7이름:무명의 창 유저

대단한데

방패로 거기까지 가다니

(메이플은 안 보면서)

8이름:무명의 대검 유저

그럼 이번 메이플에 대해서 정리

제1회 이벤트

메이플 3위

사망 횟수 0

입은 대미지 0

격파 2028

장비는 적을 삼키는 정체 모를 대형 방패와 말도 안 되는 상태이
상 마법을 발동시키는 단도와 검은 갑옷

검은 갑옷에 이상한 성능이 있는 건 아닌 듯하다

비정상적일 정도의 방어력으로 마법사 50명의 집중포화를 노 대
미지로 받아낸다

9이름:무명의 마법사

아니, 진짜 몇 번을 봐도 제정신이 아닌데……

10이름:무명의 방패 유저

방패 → 뭐, 그런 장비도 있을지도…… 응

단도 → 뭐, 있을지도 모르지

메이플 본체 → 잉?

본체의 스테이터스와 스킬 구성이 제일 수수께끼

메이플의 VIT 대체 얼마야……

11이름:무명의 대검 유저

진짜로 걸어다니는 요새였으니까

농담 아니라

12이름:무명의 활 유저

단순히 VIT 수치로 받아내는 모양이었지

그보다 메이플이 가진 스킬이 짐작가는 녀석 있어?

마법공격을 받을 때 반짝반짝 빛났으니까 뭔가 스킬을 쓴 건 확정

13이름:무명의 방패 유저
상태이상→모르겠다
방어력 상승→그렇게 단단해지는 스킬이 있으면 내가 땄지
방패→모르겠다

14이름:무명의 마법 유저
바로 이거야
메이플이 가진 스킬을 하나도 모르겠어 기본적인 거야 가지고 있
겠지만 메이플 고유의 스킬을 진짜 모르겠어

15이름:무명의 활 유저
대인전 최강 아냐?

16이름:무명의 마법 유저
진짜로 그럴 수 있어
그 광범위 상태이상 공격을 어떻게 하지 않으면 절대 못 이겨
치사독이라고 그랬고 상당히 고위 마법
그리고 떠오른 의문인데 MP는 어쩌는 거야?
그런 마법을 펑펑 써대고, 게다가 아마 VIT 올인이잖아?
보통은 MP 바닥나잖아

17이름:무명의 대검 유저
그거 말이지…… 아마 방패가 마력 탱크야
먹은 걸 마력으로 저장하는 느낌

18이름:무명의 창 유저
그럼 그 붉은 결정이 그건가
정말로 마법 쓸 때 깨지더라

19이름:무명의 대검 유저
즉, 메이플은
자신은 말도 안 되는 방어력으로 모든 대미지를 0으로 만들고
그 장갑을 뚫으려고 한 공격이나 플레이어를 MP로 변환하고
상태이상으로 쓰러뜨린다
이런 식이군

20이름:무명의 창 유저
뭐냐 그 끝판왕

21이름:무명의 활 유저
아니…… 너무 악랄하지 않냐~

22이름:무명의 방패 유저
게다가 아직 숨긴 스킬이 있을지도 모른다는 점
이번에는 대미지를 준 녀석이 없었으니까 모르지만 HP 회복이
있을지도 모르지

23이름:무명의 마법 유저
끝판왕의 HP 회복은 금지라고 옛날부터 정해진 룰이잖아?!

24이름:무명의 대검 유저
내가 써놓고도 완전 뿜긴다
게다가 이제 시작이야
대형 신인 정도로 안 끝나

25이름:무명의 마법 유저
다음 이벤트에서는 갑옷도 말도 안 되는 놈으로!
이거네 이거

26이름:무명의 활 유저
실제로 이미 상위 플레이어지……
장난 아닌데
귀엽고 강하다니 최고잖아

27이름:무명의 창 유저
지켜보자고
스테이터스가 제일 선급인데 사실은 초심자야

28이름:무명의 대검 유저
그래
앞으로 각자 조사 부탁해.

29이름:무명의 활 유저
라저!

30이름:무명의 마법 유저
라저!

31이름:무명의 창 유저
라저!

32이름:무명의 방패 유저
라저!

- -

제1회 이벤트 다음 날. 메이플은 게시판 앞에서 메모를 하고 있었다.

다시금 대미지 경감계 스킬의 취득 작업에 들어가기 위해, 현재 취득 조건이 판명된 모든 대미지 경감 스킬과 그 스킬명을 기록하고 있었다.

그리고 내일이면 〈New World Online〉이 발매된 지 딱 3개월. 그때 맞춰서 내일은 대규모 업데이트가 있다. 몇몇 스킬의 추가나 아이템의 추가. 그것들도 인터넷을 떠들썩하게 했지만, 제일 중요한 건 그게 아니다.

문제는, 현재 맵의 최북단에 있는 던전의 보스를 쓰러뜨린 사람은 업데이트로 새롭게 추가된 맵에 갈 수 있게 된다는 점이다.

물론 파티로 도전하든, 솔로로 도전하든 문제는 없다.

알기 쉽게 말하자면 1층을 클리어하면 2층에 갈 수 있다는 소리다.

메이플도 스킬을 익히면 가 볼까 생각하고 있었다.

"오늘은…… 【대방어】를 취득해 보자!"

그렇게 기합을 넣은 메이플이었지만, 문제점이 하나 발견됐다. 【어둠의 모조품】은 닿은 것을 즉각 집어삼키는 흉악한 스킬을 가졌다. 그렇기 때문에 공격을 받아내는 것이 취득 조건인 【대방어】를 취득할 수 없는 것이다. 애초에 받아내기 전에 없애버리니까.

"으음……. 하지만 이 방패가 있으면 필요 없나……. 아니, 하지만……. 스킬을 잔뜩 가져가고 싶은데……"

생각에 잠긴 메이플은 잠시 뒤에 뭔가 떠오른 것처럼 걷기 시작했다.

"잘될까?"

그렇게 말하고 예전에 크롬을 따라갔던 이즈의 가게로 갔다.

"어머! 어서 와. 꽤나 유명해졌잖아……. 여기에 왔을 때는 아직 장비도 초기장비였는데."

"고맙습니다! 그런데…… 오늘은 좀 하고 싶은 이야기가 있어요. 어렵다면 어쩔 수 없지만요……."

메이플은 그런 말로 이야기를 시작했다. 그걸 끝까지 들은 이즈는 메이플의 이야기를 확인하듯이 복창하기 시작했다.

"성능은 신경 안 쓰니까 순백색으로, 외모에 치중한 장비 한 세트가 필요하다. 그걸 만드는 데에 돈이 얼마나 드는가……. 그래……. 어느 정도 소재를 모았다면 한 세트에 100만 G 정도일까. 가져오는 소재에 따라서는 어느 정도 성능이 올라갈지도 모르지만."

【어둠의 모조품】은 스킬 상승에 적합하지 않은 전투용 대형 방패다.

그렇기 때문에 메이플은 스킬 작업용 방패를 따로 입수하기로 결심했는데, 여기서는 외모에 치중하고 싶은 것이다. 싸구려 방패를 살 생각은 하지 않았다. 주목받게 된 지금, 외모에도 신경을 쓰고 싶은 것이다.

그렇다면 아예 전신장비를 갖추려는 것이다.

새카만 장비 다음에는 새하얀 장비.

메이플이 우후후 소리 내어 웃었다. 머릿속에는 이미 그 장비를 입은 자신의 모습이 떠오르고 있었다.

"알겠습니다! 돈과 소재를 가지고 다시 올게요!"

그리고 메이플은 가게를 뛰쳐나갔다.

자기가 생각한 장비를 위한 소재를 어디서 얻을 수 있는지 알기 위해서 메이플은 정보 게시판으로 되돌아갔다.

일단은 어느 정도 단단하고 새하얀 소재가 필요하다. 메이플은 게시판에서 그 조건에 맞는 소재를 두 개 꼽았다.

하나는 하얀 수정. 하지만 이것은 【DEX 0】인 메이플로는 채굴할 수 없음을 알았다.

그래서 메이플은 다른 쪽으로 시도해 보기로 했다.

장소는 마을에서 남쪽에 있는 넓은 지저호수였다. 이 호수에는 무슨 비밀이 있다고 하는데, 아직 뭔가 수상한 것은 발견되지 않았다.

거기서 찾는 것은 눈처럼 하얗고 단단한 비늘을 가진, 집단으로 헤엄치는 물고기다. 그중 한 마리는 우두머리로, 물에 녹은 듯한 청색이라고 했다.

"초등학교 때 그런 이야기를 읽었어! 옛날 생각난다!"

메이플은 낚시도구를 새롭게 사들고 의기양양하게 지저호수를 향해 걸어갔다.

"어디······. 그럼 낚시 시작!"

첨벙 소리가 낚시 시작의 신호다. 그 뒤로는 조용히 물고기가 걸리기를 기다렸다.

그리고 20분 뒤.

"거, 걸렸다!"

메이플이 힘을 주어 낚싯대를 당겼다. 물이 튀기는 소리가 조용한 지저호수에 울렸다.

그리고 드디어 새하얀 물고기가 낚여서 메이플의 뒤쪽에서 펄떡펄떡 뛰었다.

잠시 그대로 방치하자, 5센티미터 정도의 비늘을 하나 남기고 빛이 되어서 소멸했다.

원래 비늘은 더 작지만, 게임이기 때문에 그렇게 된 것이라고 납득하고 인벤토리에 집어넣었다. 아직 더 낚아야 하지만 내일은 학교에 가야 한다.

"설마 이렇게 시간이 걸릴 줄은…… 끄으으……. 오늘은 두 마리만 더 낚고 접을 수밖에 없나……."

낚시에는 DEX나 AGI의 스테이터스와 관계가 있기 때문에, 메이플의 효율은 최하 수준이었다. 생산계 스테이터스인 사람, 예를 들어서 이즈라면 1분에 한 마리 낚을 수 있겠지.

어쩔 수 없이 메이플은 낚시를 접고 로그아웃하기로 했다.

게임을 위해 현실을 등한시할 수도 없다. 그런 점은 이 게임에 끌어들인 친구 리사와 달리 아직 냉정했다.

"후우……. 오늘은 이걸로 끝. 내일 준비를 해야지!"

카에데는 게임기의 전원을 끄고 내일 시간표를 보며 교과서를 가방에 담았다.

"그럼…… 안녕히 주무세요."

침대에 누운 지 몇 분 만에 카에데는 쿨쿨 숨소리를 내기 시작했다.

분명 좋은 꿈을 꾸겠지.

7장 방어 특화와 친구.

"그럼…… 다녀오겠습니다!"

교복을 입고 학교로 향했다.

요새 며칠은 햇살도 강해져서 따뜻한 기운이 기분 좋다. 간신히 봄다워졌다고 할 수 있다.

카에데의 자리는 창가라서 깜빡 졸아버릴 정도였다. 이런 걸 보면 두 자리 옆의 리사는 오후 수업에서 수면 코스가 확정이겠지.

그런 생각을 하면서 카에데는 통학로를 걸어갔다. 카에데의 집은 학교와 제법 가까워서 걸어서 등교했다. 걸어서 15분이면 갈 수 있었다.

기분 좋은 바람이 불어서 걷기 힘들지 않았다.

꽃가루 알레르기가 없기 때문에 카에데는 이 계절을 정말 좋아했다.

"좋아! 오늘도 잘 보내자."

교문을 지나 교실로 가서 자기 자리에 앉았다.

여태까지는 이 뒤에 책을 읽었지만, 〈New World Online〉을 시작한 뒤로는 스킬을 생각하는 시간을 가지게 됐다. 이런 스킬이 혹시 있다면 어떻게 딸까, 하는 생각을 하면 그것만으로도 즐거웠다.

"뭘 그리 실실 웃는 거야!"

딱 하고 카에데의 머리에 따지는 손이 있었다.

그 손의 주인은 리사였다.

"아, 아무것도 아냐!"

"정말로?! 아, 그렇지. 오늘은 그런 이야기를 하러 온 게 아니라, 으음…… 후후후……. 그런데 카에데 군. 오늘은 중대한 발표가 있다네."

그렇게 말하고 리사가 허리를 굽혀서 스윽 얼굴을 가까이 들이댔다. 헛기침을 하며 일부러 무게를 잡고 이상한 분위기를 내는 리사의 언동에 카에데도 어울려 주었다.

"으음……. 무슨 일인가, 리사 군. 으음, 오늘은 좀 기분이 들뜬 모양이군."

"그래, 바로, 바로! 게임 플레이 허가가 났기 때문입니다!"

카에데가 짝짝짝 하고 작게 박수했다.

정말 열심히 공부한 것이리라. 아주 기뻐하는 것을 알 수 있었다. 카에데는 그 표정을 보기만 해도 기뻤다.

"그렇게 되어서. 여태까지 카에데에게만 강요한 셈이었지만 오늘부터는 간신히 플레이할 수 있어~."

"그럼 파티를 짤 수 있겠네!"

"응, 그래. 파티를…… 어, 카에데는 벌써 시작했어?!"

리사는 놀랐는지 큰 소리로 그렇게 물었다.

두 사람 다 좀 일찍 등교했기 때문에 교실에는 두 사람밖에 없었다. 주위를 신경 쓰지 않아도 된다.

"에……에헤헤……."

"카에데가, 내가 게임을 같이 하자고 강요해도 떨떠름하게 어울리던 카에데가……."

"강요했다는 자각이 있었어?!"

"으음, 기쁘네……. 둘이서 플레이하긴 어려울 거라고 생각했는데, 설마 카에데가 할 마음을 먹다니……."

그리고 리사는 말을 이었다.

"그래서, 몇 레벨까지 올렸어? 아니면 계정만 만들었어?"

"어, 어어……. 저기……, 20레벨."

리사는 순간 놀랐지만, 카에데가 한 말의 의미를 이해했는지 히죽히죽 웃었다.

"오오……. 예상했던 것보다 카에데 씨가 게임에 푹 빠진 모양이로군요."

"우우우……."

카에데가 얼굴을 붉히면서 리사를 째려봤다. 리사는 아직도 즐거운 듯이 웃었지만, 악의는 없었기에 카에데도 아무 말 하지 않았다.

"아하하, 미안, 미안, 농담이야. 하지만 거기까지 키웠으면 캐릭터 방침도 정했겠네?"

"응! 방어 특화로 방패를 써! 그리고…… 리사한테라면 말해도 되겠지."

카에데는 리사에게 자기 자신의 스킬이나 스테이터스를 죄다 이야기했다.

"그 괴물 캐릭은 뭐래! 역시나 카에데, 평범한 플레이에서 탈선했어."

"어…… 그래?!"

"응, 아니, 탈선한 끝에 손에 넣은 게 너무 강해. 아…… 이거 카에데를 쫓아가려면 고생 좀 하겠네……."

"하, 하지만 나랑 똑같이 하면……"

카에데가 그렇게 말하자 리사는 손을 가슴 앞에서 교차시켜서 작은 X 마크를 만들며 고개를 내저었다.

"카에데는 카에데. 나는 나. 카에데가 발견한 스킬을 친구 권한으로 훔칠 마음은 없어! 뭐…… 이상한 스킬을 입수할 실마리는 얻었지만. 그건 어쩔 수 없었던 일이고."

"그래서 리사는 어떻게 할 거야?"

"방어 특화의 탱커라고 했으니까, 난 마법사도 괜찮을까 싶었는데…… 카에데랑 파티를 짜기에 그건 너무 평범해. 게다가 그러면 내가 필요 없고."

끙끙 신음하며 생각에 잠겼던 리사는 뭔가 떠오른 것처럼 살짝 웃었다.

"좋아! 정했다! 나는…… '회피 탱커'를 할래."

"회피…… 탱커?"

"응! 적의 공격을 끌어들이고 회피하는 걸로 공격을 무력화하는 거야."

"오오오오! 멋져! ……하지만 탱커라면 내가 하는데?"

카에데가 의문스럽게 생각한 바를 말했다. 그래, 탱커만 모여서 뭘 어떻게 할까.

"카에데와 나의 파티는 어떤 싸움에서라도 노 대미지! 언제든지 멀쩡! 어때? 멋지지 않아?"

그 말을 듣고 카에데가 그 광경을 상상했는지 고개를 끄덕였다. 너무 흥분해서 손까지 붕붕 흔들고 있다.

"그런 컨셉으로 파티를 짜고 싶으니까 회피 탱커를 목표로 할게!"

"힘내! 나는 방어력 더 올릴게!"

그리고 오늘 밤에 함께 플레이하기로 약속한 것으로 두 사람의 이야기는 끝났다. 리사도 자기 자리로 돌아갔다.

"회피 탱커……. 난이도는 최고급? 하지만 그러니까 불타오르지……."

조용히 중얼거린 그 말은 카에데의 귀에 닿지 않았다.

게이머의 천성일까.

리사는 달성 조건이 어려운 것을 선호하는 경향이 있었다.

아까 리사가 말했던 무적의 파티를 실현하려면 일단 리사가 적의 공격을 계속 피하는 게 필수 조건이다.

수십 발이나 날아오는 마법.

빠른 연속공격.

그것을 종이 한 장 차이로 피하면서 적을 쓰러뜨리는 자신을 상상하는 것만으로.

"짜릿짜릿하네……! 그만둘 수가 없어."

리사는 오늘 수업이 얼른 끝났으면, 끝났으면 하는 마음을 참을 수 없었다.

"오오! 마을은 이런 느낌이구나!"

리사가 주위를 둘러보고 기쁜 듯이 말했다. 리사의 그 모습이 게임을 시작했을 무렵의 자기 같아서, 그리움을 느꼈다.

"카에데의…… 어차…… 위험했네. 메이플의 장비랑 겉모

습이 너무 달라서 좀 어려워."

플레이어 네임으로 고쳐서 리사가 말했다. 이어서 리사는
이쪽에서의 자기 이름이 사리라고 메이플에게 말했다.

"사리, 사리구나. 응, 기억했어."

메이플도 리사를 리사라고 부르지 않도록 조심해야만 한다.

리사=사리는 메이플과 얼른 프렌드 등록을 하고 파티를 짠
뒤, 메이플에게 스테이터스를 보여주었다.

사리
Lv 1　　HP 32/32　　　　　　MP 25/25

【STR　10〈+11〉】　　　　【VIT　0】
【AGI　55〈+5〉】　　　　　【DEX　25】
【INT　10】

장비
머리　【없음】　　　　　　몸　　　【없음】
오른손【초심자의 단검】　　왼손　　【없음】
다리　【없음】　　　　　　신발　　【초심자의 마법신발】
장식품【없음】
　　　　【없음】
　　　　【없음】

스킬
없음

"스테이터스를 여러 군데에 줬네."

"이게 보통이거든! ……일단 지금은 VIT와 MP와 HP에는 주지 않았어."

"왜?"

"전부 회피해서 노 대미지로 가면 HP건 VIT건 필요 없으니까! 마법을 쓸지는 모르니까…… 지금은 MP와 INT가 낮아도 돼. STR은 무기로 어느 정도 메울 수 있고."

"많이 생각했네."

메이플은 레벨을 올리면 VIT에 몰아주기만 해서 생각할 게 하나도 없다.

"후후후……. 몸으로 때워서 노 대미지인 사람과는 생각의 양이 달라. 그리고 보면…… 3위 상품은 장비 아니었어?"

보기론 메이플의 장비가 이야기로 들은 그대로였기 때문에 의아하게 생각했다.

"그건 기념 메달이었어. 장비일까 기대했는데."

"뭐……. 다음 이벤트도 그렇다고만 할 순 없으니까……. 그래서? ……지금부터 어디 가게?"

메이플의 이번 목적이 지저호수에 가는 것이라고 하자, 사리는 고개를 끄덕였다. 아무래도 뭔가 생각이 있는 모양이다.

"그거라면 나한테 맡겨! 좋은 생각이 있으니까……."

메이플은 순순히 귀를 기울였다.

사리는 지저호수 방면으로 마구 뛰어갔다. 게임 안에서도 너무 움직이면 근육이 지쳐서 움직임이 둔해지지만, 이것은 플레이어 개개인에 따라 차이가 있다.

근육이 얼마나 잘 움직여 주느냐에 따라서 반응속도나 스태미너 등의 플레이어 스킬에 차이가 난다.

사리가 이 정도로 달릴 수 있는 건 VR에 익숙하기 때문이다.

문제의 메이플을 보자면.

사리의 등에 업혀 있었다.

평소의 중장비를 모두 벗었으니까 메이플이라고 모르는 사람이 많을지도 모른다.

방어구를 장비하는 데에 STR 수치는 관계없지만, 업는 거라면 방어구만큼의 STR이 추가로 필요해진다.

장비를 벗은 것은 그것 때문이다.

"전방에서 늑대 계열 몬스터가 세 마리! 메이플!"

게임 안에서 조금씩 냉정해진 사리가 메이플에게 지시를 내렸다. 반복된 정확한 지시 덕분에 메이플은 혼자 있을 때보다 상황 파악이 쉬워졌다.

"오케이!"

메이플이 그렇게 말하자 사리가 메이플을 내려놓고 거리를 벌렸다.

지저호수까지는 AGI가 높은 사리가 메이플을 업고 달리고, 도중에 나오는 적은 메이플을 내려놓고 상대하게 한다는 식의 역할 분담이다. 이것으로 메이플이 혼자 갈 때의 5분의 1

정도의 시간으로 지저호수에 도착했다.

"오오오오! 아주 빨랐어!"

메이플이 장비를 고쳐 입으면서 기쁜 듯이 말했다.

사라는 벌써 도움이 되어서 어딘가 자신만만했다.

"후후후……. 더 칭송하여라~!"

"네~! 사리 님~!"

그런 광대짓을 한 뒤에 두 사람은 낚시를 시작했다. 사리도 자기 낚싯대를 사 와서 둘이서 나란히 호수에 낚싯줄을 드리우고 기다렸다.

그렇게 시작한 지 한 시간.

"겨, 겨우 세 마리!"

"오, 또 걸렸다!"

결과는 메이플이 세 마리.

사리가 열두 마리였다.

"1레벨로 여기에 온 덕분에 낚은 물고기의 숨통을 끊기만 해도 레벨이 오르네."

실제로 사리의 레벨은 6까지 올랐다.

게다가.

"【낚시】스킬 겟! ······ 첫 스킬이 【낚시】라······. 메이플을 보고 이상하단 소리는 못 하겠어."

【낚시】스킬 취득에는 DEX가 20 이상 필요하기 때문에 메이플과는 평생 인연이 없는 스킬이겠지.

"사리는 스테이터스 포인트 분배 안 해?"

"그건 스킬을 조금 더 딴 뒤에. 스킬로 전투 스타일이 정해질 수도 있으니까······ 스테이터스 포인트는 그때 투자할까 해. 초기 스테이터스라도 그럭저럭 싸울 수 있고."

"오오~ 상급자다~!"

"그렇게 대단한 것도 아닌데. 뭐, 메이플보다는 게임을 많이 했으니까."

그렇게 말하며 또 한 시간 동안 낚시를 계속했다.

메이플의 결과는 변함없음.

하지만 스킬 【낚시】를 입수한 사리의 성적은 20마리였다.

"어때? 이거면 충분해?"

"으음······. 한 시간만 더····· 안 돼?"

"좋아! 하지만 나도 시험해 보고 싶은 게 하나 있으니까······ 낚시가 아니라 잠수해서 사냥하면 어때?"

"괜찮긴 하지만, 그런 게 가능해??"

"가능할 거야. 그 이전에 메이플도 여태까지 영문 모를 짓을 더 많이 시험했잖아? 아마 내 AGI라면 떼를 지어 헤엄치는 물고기라면 한 마리 정도는 쓰러뜨릴 수 있지 않을까? 난 헤엄을 잘 치니까."

그렇게 말하고 쭉쭉 준비 운동을 한 사리는 지저호수에 뛰어들었다.

"그럼 열심히 해!"

"응! 한 마리라도 많이 잡아올게."

그렇게 말하고 사리가 잠수했다. 그대로 한 시간 정도 지저호수를 헤엄쳐 다녔던 사리가 돌아왔다. 조금 숨이 가쁘긴 하지만 그 전에 여기까지 뛰어왔다고는 생각할 수 없을 만큼 체력이 남은 모습이었다.

"【수영 I 】이랑【잠수 I 】스킬을 얻은 뒤로는 간단했어!"

그렇게 말하며 사리는 인벤토리에서 새하얀 비늘을 80장 꺼냈다.

"이, 이거 받아도 돼?"

"나는 필요 없고……. 다음에 날 도와주는 걸로 교환하자."

"그럼 그걸로! 도와준다고 약속할 테니까 언제든지 말해."

메이플이 감사히 받은 80장의 비늘을 인벤토리에 넣었다. 그러자 사리가 차분한 얼굴로 말하기 시작했다.

"저기, 메이플. 이번에 발견된 던전은 두 개랬지?"

"어어……. 응, 맞아."

"지저호수 바닥에 작은 굴이 있었어."

"……! 그건!"

흥분을 숨기지 못하는 기색으로 사리가 끄덕였다.

"던전 입구일지도…… 하지만……."

"응……. 나는 못 가."

메이플의 스테이터스로는 제대로 잠수도 할 수 없겠지. 물에 빠지면 첫 사망이 기다리고 있다.

"그러니까 신중하게 공략할까 해. 메이플과 같은 유니크 시리즈가 손에 들어올지도 모르고……. 그러니까."

메이플은 사리가 말하려는 바를 이해하고 거기에 응했다.

"응, 지저호수까지 오는 거 도와줄게! 빚은 꼭 갚을 거야!"

"그렇게 말해 줄 줄 알았어! 역시나 메이플!"

"에헤헤, 별것도 아냐!"

돌아가는 길은 로그아웃하면 되니까, 【수영Ⅰ】과 【잠수Ⅰ】의 스킬 레벨을 올리기 위해 사리는 또 헤엄치기 시작했다.

8장 방어 특화와 지저호수 공략.

532이름:무명의 방패 유저
다들 2층에는 갔어? 나는 무사히 2층에 도달했어.

533이름:무명의 창 유저
음
방금 이겨서 2층에 들어갔어

534이름:무명의 대검 유저
나도 무사히 승리

535이름:무명의 마법 유저
나도
이겼다
해냈어

536이름:무명의 활 유저
나도 간신히 2층 도달했습니다

537이름:무명의 창 유저
어라? 우리 의외로 센데

538이름:무명의 대검 유저
메이플이 곧장 2층에 가도 따라가게 레벨을 올렸더니……

제일선 멤버가 됐네요

539이름:무명의 활 유저
나도 그래

540이름:무명의 방패 유저
바로 그 메이플 말인데
아직 2층에 안 갔나 봐
아니, 파티를 짰다는 표기가 내 프렌드창에 나오는데

541이름:무명의 활 유저
나 그거 본 거 같아

542이름:무명의 마법 유저
그걸 좀 자세히

543이름:무명의 활 유저
이름은 모르겠는데 초기장비였고, 사이가 좋아 보였으니까 아마
현실 친구 같아

544이름:무명의 대검 유저
무기는?

545이름:무명의 활 유저
단검이었을 거야

546이름:무명의 마법 유저
의외
마법사나 활잡이라고 예상했는데

547이름:무명의 창 유저
나도

648이름:무명의 방패 유저
뭐, 둘이서 싸운다면 그 구성은 좋지 않지

하지만…… 메이플의 친구라고 했지
과연 평범한 초심자일까
메이플 타입의 초심자일지도 모르지

549이름:무명의 마법 유저
분명히 그럴 듯

550이름:무명의 활 유자
메이플 '스텟 몰아주면 세!'
친구 '그래?! 그럼 그렇게 할게!'

이거

551이름:무명의 대검 유저
메이플이 두 명 있는 파티라니
기가 막히겠는데

552이름:무명의 창 유저
어이어이, 다들 진정해
단검을 쓴다잖아

553이름:무명의 마법 유저

아, 그런가

왠지 무의식중에 방패 이미지였어

554이름:무명의 방패 유저

단검이라면 AGI 특화일까?

555이름:무명의 활 유저

하지만 그리 센 것 같지 않던데

556이름:무명의 대검 유저

방어력이 없으니까 일격에 끝나겠네

게다가 화력이 0

557이름:무명의 창 유저

뭐, 아마 알아서 두각을 드러내겠지

다음 이벤트가 언제더라?

558이름:무명의 방패 유저

지금부터 대충 한 달 뒤에 시간을 가속시켜서 게임과 현실의 시간

이 어긋나게 된다나 봐

그리고 이벤트는 두 시간. 도중 참가와 퇴장은 시간 가속 때문에

불가능하대

운영이 지난번 이벤트가 성황이라고 개최 스케줄을 당긴다나 봐

559이름 : 무명의 마법 유저

운영 놈들 유능하잖아

560이름 : 무명의 창 유저

한 달의 시간이 있으면 제법 단련해 오겠고

플레이 스타일도 볼 수 있겠지

그걸로 판단할 수 있어

561이름 : 무명의 대검 유저

아아, 얼른 다음 이벤트 좀 와라

그 애의 실력이 궁금하잖아

————————————————————————————

그런 이야기가 오가는 줄은 알지도 못한 채.

메이플과 사리는 지저호수에서 오늘도 낚시와 수영으로 시간을 보냈다. 그렇다고 해도 메이플은 가끔 밖에 나가 뒹굴다가, 【도발】 스킬을 써서 몬스터에게 공격을 받는다는 영문 모를 행동을 했다.

대미지 경감 스킬은 방패를 받은 뒤에 얻으려고 하기 때문

에, 새로운 스킬을 찾는 것이다. 잘 풀리고 있다고는 할 수 없지만, 메이플은 시도 그 자체를 즐겼다.

참고로 오늘로 사리가 시작한 지 2주가 됐다.

딱히 항상 시간을 맞춰서 로그인하는 건 아니다.

사리도 플레이 시간을 따로 확보해서【수영Ⅰ】과【잠수Ⅰ】이외의 익숙해지기 쉬운 스킬을 넓고 얕게 취득했다.

두 사람이 함께 착착 이벤트 준비를 하면서도 던전인 듯한 지저호수를 탐색하려고 지저호수에 들어갔다.

"푸하⋯⋯! 헉⋯⋯ 헉⋯⋯ 몇 분 잠수했어?"

사리가 수면까지 올라온 메이플에게 시간을 물었다.

"대, 대단해! 40분!"

"【수영Ⅹ】과【잠수Ⅹ】이 됐다는 건⋯⋯ 이게 지금의 나의 한계란 거니까⋯⋯ 편도 20분으로 안까지 들어갈 수 없으면 죽나⋯⋯."

"20분 지나면 내가 프렌드 기능으로 메시지를 보내면 어때? 머리에 메시지 알람이 울릴 테니까 알 수 있을 거야."

"나이스 아이디어, 메이플! 그럼⋯⋯ 부탁해도 될까?"

"맡겨 줘! 마음껏 들어갔다 와!"

"다녀오겠습니다!"

사리가 물속으로 엄청난 속도로 들어갔다.

투명한 물속, 사리는 우아하게 헤엄치는 하얀 물고기 떼를 빠져나가 계속 깊숙한 곳으로 들어갔다. 물풀이 하늘하늘 흔들리는 호수 바닥에 울퉁불퉁한 바위가 보였다. 사리는 거기로 다가가서 그 뒤에 있는 굴로 들어갔다. 조용히 푸른빛을 내는 물풀이 굴 안을 밝혔다.

사리의 예상대로 그 굴은 안쪽으로, 더 깊은 곳으로 이어졌고, 사리는 거기를 인어라고 해도 좋을 속도로 헤엄쳤다.

하지만 도중에 길이 갈라지는 것을 보고 사리의 움직임은 멎었다. 끝까지 외길이라고만 믿었기 때문이다.

사리는 이래선 고생하겠다는 생각을 하면서 이쪽 저쪽으로 이동하면서 머릿속으로 지도를 만들었다.

한동안 계속 들어가자 메이플에게서 메시지가 왔다. 20분이 지났다는 증거다.

굴 도중에는 몬스터가 나오지 않기 때문에, 특별한 문제도 없이 무사히 메이플에게 돌아올 수 있었다.

"헉…… 헉…….."

사리는 숨을 가다듬으면서 뭍에 올라와서 앉았다.

"어땠어?"

"갈라지는 길이 몇 개나 있어서…… 오늘은 한 번만 더 가 볼래. 얼마나 깊은지 모르겠고."

"그럼 또 메시지 보낼게."

사리는 다시금 호수 바닥으로 들어갔다. 아까 미궁 중간까지 공략했기 때문에 거기까지는 빠른 속도로 갔다.

다시 하나하나의 가능성을 확인하면서 안쪽으로 들어갔다.

그리고 다시금 메이플에게서 메시지가 오는 동시에.

사리는 새하얗고 커다란 문을 통로 끝에서 발견했다.

성공이다 싶어서 살짝 주먹을 움켜쥐고 온 길을 되돌아갔다. 사리는 유니크 시리즈를 놓치지 않기 위해 만전의 상태로 와야만 한다.

"보스방! 찾았어…… 헉…… 헉."

뭍에 올라오자마자 그렇게 말하며 메이플과 손뼉을 쳤다. 이제 무사히 이길 수 있느냐의 문제다.

"보스방을 찾았으니까 나는 조금 휴식을 취하고 보스방에 갈게! 메이플은?"

"나는 오늘은 슬슬 로그아웃할까."

"그래……. 붙잡아서 미안해."

"신경 안 써! 열심히 해서 이겨."

"물론!"

그런 말을 남기고 메이플은 빛에 휩싸여서 로그아웃하고 사라졌다.

정적이 사리의 집중력을 높였다.

"스테이터스는 어떻게 됐을까……."

```
사리
Lv 12    HP 32/32            MP 25/25〈+10〉

【STR  10〈+11〉】       【VIT   0】
【AGI  55〈+5〉】        【DEX  25】
【INT  10】
```

```
장비
머리   【없음】           몸     【없음】
오른손 【초심자의 단검】    왼손   【없음】
다리   【없음】           신발   【초심자의 마법신발】
장식품 【없음】
       【없음】
       【없음】
```

```
스킬
【슬래시】【더블 슬래시】【질풍 베기】
【다운 어택】【파워 어택】【스위치 어택】
【파이어 볼】【워터 볼】【윈드 커터】
【샌드 커터】【다크 볼】
【리플래시】
【상태이상 공격 II】
【근력 강화(소)】【속도 강화(소)】【체술 I】
【MP 강화(소)】【MP 컷(소)】【MP 회복속도 강화(소)】【독 내성(소)】
【채집 속도 강화(소)】
【단검의 소양 II】【마법의 소양 II】
【불 마법 I】【물 마법 I】【바람 마법 I】
【흙 마법 I】【어둠 마법 I】【빛 마법 I】
【기척 차단 II】【기척 감지 II】【발소리 죽이기 I】【도약 I】
【낚시】【수영 X】【잠수 X】【요리 I】
```

"스테이터스 포인트 35는 아직 쓰지 말자……. 회피하며 이기는 거야."

메이플과 비교해 압도적으로 많은 스킬은 사리가 자는 시간도 아끼며 모은 것이다.

　MP 쪽으로는 소비 MP 7퍼센트 감소.

　회복속도 5퍼센트 증가. MP +10.

　STR 쪽으로는 STR 5퍼센트 증가.

　연속공격 시 위력 상승 최대 STR 10퍼센트 증가.

　"좋아! 가자!"

　사리는 전략을 짠 뒤 그 새하얀 문으로 돌아갔다.

　문을 천천히 열었다. 안에는 거대한 구체의 방에 반쯤 물이 차 있는 구조였다.

　사리에게 기쁜 오산은 산소가 있다는 점이다. 이걸로 무리하면서 단기결전으로 몰아갈 필요가 사라졌다.

　"푸핫…… 자…… 덤벼!"

　사리의 눈이 진지함으로 물들었다. 거기에 응하듯이 한 점에 모인 빛이 형태를 갖추더니, 새하얀 거대 물고기가 나타났다.

　거대어는 그 덩치로 돌진 공격을 했다.

　사리는 그 움직임을 완전히 읽고 몸을 틀어서 아슬아슬하게 회피. 엇갈릴 때 붉게 빛나는 단검으로 비늘과 살을 살짝 벴다.

"【슬래시】!"

붉은 빛 아래에 독살스러운 보라색으로 물든 칼날은 【상태
이상 공격Ⅱ】가 걸린 증거다.

그것은 거대어의 몸에 독을 주입했다.

아주 적은 대미지지만, 거대어의 HP 게이지는 조금씩 확실
히 깎였다.

거대어는 몸을 돌려서 다시 돌진했다.

사리는 이번에도 그걸 피하며 상대의 몸을 깎아냈다.

"【윈드 커터】!"

붉은 대미지 이펙트가 물속에서 몇 개 빛났다. 사리의 최대
위력 마법은 비늘에 살짝 흠집을 낼 정도의 힘이었다.

그래도 거듭되는 거대어의 돌진은 사리에게 상처를 줄 수 없
었다.

그리고 거대어의 HP 게이지가 80퍼센트 이하로 내려갔다.

여기서 사리는 한층 집중하여 거대어의 행동을 주시했다.

보통 플레이어라면 아까와 똑같이 보일 돌진은 사리에게 전
혀 다르게 비쳤다. 아주 약간이지만, 하지만 분명히 느렸다.

거대어는 도중에 돌진을 멈추고 전방에 꼬리지느러미로 범
위공격을 반복했다.

하지만 그것도 사리에게는 닿지 않았다.

사리는 적 머리 위의 HP 게이지가 줄어든 것에서 행동 패턴이 바뀔 타이밍을 예측하고 있었다.

거대어의 몸길이에서 공격범위를 정확하게 읽고, 한 걸음 뒤로 물러나는 것으로 꼬리지느러미가 눈앞을 지나가도록 했다. 그리고 사리는 그 꼬리지느러미를 스킬로 또 베었다.

"【더블 슬래시】!"

여태까지 상대의 공격을 맞지 않고 거대어를 공격한 사리의 연속공격 대미지 UP은 이미 최대치였다.

여태까지보다 조금 더 깊게 붉은 이펙트가 거대어의 꼬리지느러미에 2회 박혔다.

동시에【상태이상 공격 Ⅱ】로 마비독을 주입하여 상대의 움직임을 느리게 만들었다.

"【파워 어택】!"

움직임이 둔한 거대어의 몸에 단검이 뿌리까지 꽂혔다. 사리는 그것을 재빠르게 뽑고 거리를 벌렸다. 거대어의 HP는 5할 이하로 내려갔다.

행동 패턴이 변할 때였다.

거대어의 몸의 좌우에 하얀 마법진이 떠오르고 거기서 거품이 쏟아졌다.

"【워터 볼】!"

사리가 거품에 마법을 쏘자, 거품이 거센 소리를 내며 폭발했다. 그 거품에 닿으면 안 된다고 사리는 확신했다.

사리는 거대어에게서 도망치면서 거품을 물 마법으로 폭파하고 도주로를 만들었다.

거대어의 행동 패턴이 사리의 뒤를 쫓아오는 추적식이 된 것을 사리는 도망치면서 깨달았다.

그렇다면.

사리는 도망치던 몸을 반전시켜서 물 마법으로 거품을 폭발시켰다. 그리고 한순간 열린 그 공간에 몸을 비집어 넣었다.

"【파워 어택】!"

붉은 이펙트가 거대어의 등에 붉은 한 줄기 선으로 남았다.

머리부터 꼬리지느러미까지 깊게 갈라진 거대어의 HP 게이지가 20퍼센트 정도 날아갔다. 그대로 몸을 회전시켜서 꼬리지느러미에 또 몇 차례 공격.

사리의 뒤를 쫓아서 몸을 돌리는 순간. 몸의 속도를 따라갈 수 없었던 거품의 탄막이 얇아졌다.

사리는 그걸 놓치지 않았다.

"【윈드 커터】!"

거품을 누비는 바람의 칼날이 거대어의 이마를 깊이 베었다. 그리고 드디어 거대어의 HP는 20퍼센트 이하로 내려가서 붉게 물들었다.

그와 동시. 거대어의 몸 좌우의 마법진이 사라지고 방이 물로 가득해졌다.

상하좌우의 벽에 폭발하는 거품을 발생시키는 마법진이 나타났다.

거대어는 그 거대한 입을 쩌억 벌렸다. 입안에는 거품의 마법진보다 강한 빛을 내는 마법진이 있었다.

사리가 게임 안에서 길러온 센스가 그 몸을 반사적으로 움직였다.

그 직후, 조금 전까지 사리가 있던 장소를 향해 똑바로 고속의 빔이 날아왔다.

사리는 다급해졌다. 다음에 저걸 피하려면 운이 꽤 좋아야겠지.

그리고 거품도 다가오고 있다.

위험하다. 사리는 그런 마음에 침착함을 잃었다.

다급함은 사고를 정지시킨다.

이럴 때야말로 침착해야 한다.

사리는 자기 자신을 타일렀다. 초조해지는 마음을 진정시키는 데에 집중했다.

마치 시간이 멈춘 것처럼.

거품도, 빔도, 거대어의 움직임도.

계속 느려지는 것처럼 사리는 느꼈다.

위험한 장소를, 안전한 장소를, 모두 손바닥 보듯이 알 수 있었다.

적의 몸의 미묘한 움직임, 시선.

이것들을 통해 빔의 위치를 예측한다.

거품 탄막이 다음에 어디로 퍼지면 위험한지를 지금 거품의 위치로 예측하고, 미리 도주로를 만든다. 과거의 경험과 맞춰서, 살아남을 확률이 높은 길을 미리 만든다.

그것은 이미 미래예지.

치트와도 가까울 만큼 압도적인 플레이어 스킬.

"【윈드 커터】."

조용하게 날린 마법은 그때마다 거품의 커튼을 깨끗하게 빠져나가서 거대어의 몸을 후볐다.

그리고 드디어.

거대어의 HP 게이지는 바닥을 드러냈다.

방안에 고였던 물이 죄다 어딘가로 빠져나가고, 중앙에 거대한 보물상자가 나타났다.

사리는 기뻐하기 전에 지면에 벌렁 드러누웠다.

"아……. 역시 진짜로 집중하면 지치네……."

레벨업과 스킬 취득의 알림이 울렸지만, 그런 것은 나중에 확인하자 싶어서 사리는 계속 누워 있었다.

가능하면 그 모드에는 들어가고 싶지 않았지만, 아무리 사리라도 그 탄막과 고속 레이저는 힘겨웠다.

한동안 누워있던 사리는 마음을 추스르고 보물상자 쪽으로 향했다.

"그럼 오픈!"

두 손으로 힘차게 뚜껑을 열었다.

안에 들어있던 것은 바다처럼 선명한 청색 바탕에, 가장자리에는 거품 같은 흰색이 장식된 머플러.

허리까지 오는 긴 하늘색의 코트와 거기에 맞춘 상하의.

그리고 빛이 닿지 않는 심해처럼 어두운 청색의 단검 두 자루와 그것을 넣을 수 있는 칼집, 청색의 벨트.

사리는 모든 장비의 능력을 확인했다.

【수면의 머플러】
【AGI +10】【MP +10】【파괴 불가】
스킬【신기루】

【대해의 코트】
【AGI +30】【MP +15】【파괴 불가】
스킬【대해(大海)】

【대해의 옷】
【AGI +20】【MP +10】【파괴 불가】

【심해의 대거】
【STR +20】【DEX +10】【파괴 불가】

【해저의 대거】
【INT +20】【DEX +10】【파괴 불가】

"이건…… 내 스킬 구성에 영향을 받았나? 후후후…… 내 취향의 장비네. 메이플보다도 장비가 많지만…… 【파괴 성장】과 스킬 슬롯은 없어."

장비란을 만져서 전부 장비한 뒤 기쁜 마음에 빙그르르 돌아보았다. 벨트는 장비로 치면 반바지의 일부가 되는지, 새롭게 장비칸을 차지하는 일이 없었다.

메이플 때와는 또 다른, 스테이터스 성장이 큰 유니크 시리즈를 장비한 모습으로 사리는 동굴을 뒤로했다.

스킬 확인은 내일 메이플과 함께 하자고 생각하면서. 그만큼 지쳤던 것이다.

다음 날.

"오오! 멋져졌네!"

"그렇지! 신발은 입수할 수 없었으니까 검은 부츠를 샀고…… 이걸로 통일감은 완벽!"

그리고 둘이서 입수한 스킬을 하나씩 확인했다.

일단은 장비에 달린 스킬부터.

그 뒤에 새롭게 취득한 두 가지 스킬을 확인했다. 그렇다고 해도 하나는 메이플도 아는 스킬이었지만.

【신기루】
발동 시 상대의 시각정보상 좌표와 실제 좌표에 오차를 만들 수 있다.
대상은 사용자 외 전원.
사용 가능 횟수는 1일 10회.
효과 시간은 5초.
또한【신기루】로 왜곡한 영상에 공격이 가해지면 효과를 잃는다.

【대해】
몬스터, 플레이어가 닿으면 AGI의 20퍼센트를 감소시키는 물을 사용
자를 중심으로 지면에 원형으로 얇게 퍼뜨린다. 공중에서 사용 불가.
범위는 반경 10미터 고정.
사용자만이 그 대상에서 제외된다.
사용 가능 횟수는 1일 3회. 지속 시간은 10초.

【잔재주꾼】
적에게 주는 대미지 30퍼센트 감소. 소비 MP 10퍼센트 삭감.
【AGI +10】【DEX +10】

【취득 조건】
무기, 공격에 관한 스킬을 10개 취득.
마법, MP에 관한 스킬을 10개 취득.
기타 스킬 10개 취득.
그중에서 최저 스킬 레벨인 스킬이 10개 이상.
이상의 조건을 만족한 뒤에 몬스터를 격파한다.

나머지 하나는【자이언트 킬링】이다.

"오오……. 과연, 과연. 그 거대어 전에【잔재주꾼】을 달았
으면 위험했을지도."

그 뒤에서 사리가 끙끙거렸다.

"【자이언트 킬링】은 필요 없어……."

"어?! 왜?!"

"그야 메이플이라면 쓸지도 모르지만…… 나는 스텟을 몰아주는 게 아니니까 상대에 따라 갑자기 AGI가 오르기도, 안 오르기도 하면 감각이 어긋나잖아."

자기 의사와 관계없이 갑자기 스테이터스가 상승하면 회피 감각이 어긋나기 때문에 사리의 플레이 스타일로는 문제가 있다.

"아, 그런가……."

"이건 【폐기】할까……."

"그게 뭐야?"

"응?"

"응?"

두 사람은 서로의 얼굴을 보았다.

"스킬을 【폐기】…… 그럴 수도 있구나……."

"오히려 몰랐다는 게 놀라운데? 뭐, 하지만 그렇게 【폐기】한 스킬을 다시 취득하려면 전용 시설에서 50만 G를 내야 하니까, 정말로 필요 없을 때만 해."

그렇게만 말하고 사리는 【자이언트 킬링】을 【폐기】했다.

12였던 레벨도 지금은 15다.

스테이터스 포인트는 이걸로 40 모였지만, 사리는 아직도 분배하지 않은 모양이다.

"좋아, 이 정도면 될까! 아, 그렇지! 메이플의 장비는 어떻게 됐어?"

"으응, 일단 방패만 만들기로 했어. 제일 중요하니까. 단도 랑 갑옷은 나중."

메이플은 사리에게 이즈의 가게에 방패 제작을 의뢰했음을 말했다.

"그렇구나! 이벤트도 머지않았고…… 조금 더 스킬을 올리 고 싶은데."

"그거라면…… 2층 갈래? ……아, 하지만 어쩌지? 아마 거 기에도 유니크 시리즈가 있을 텐데…… 혼자 갈래?"

2층에 가기 위한 조건이 【던전 돌파】다. 아마도 혼자서 돌파 하면 장비가 손에 들어올 것이라고 두 사람 모두 그렇게 이해 했다.

"으음……. 나는 괜찮아……. 지금 장비가 마음에 들었고."

"사리가 좋다면 나도 좋아. 그럼 둘이서 같이 던전에 가자."

"그래! 바로 갈까."

두 사람은 2층으로 이어지는 던전으로 향했다. 이동 방법은 지저호수에 갈 때와 마찬가지다.

"역시 빠르다~!"

"꽉 붙잡고 있어."

목표는 북쪽.

이 페이스라면 시간은 오래 걸리지 않겠지.

9장 방어 특화와 2층 공략.

"도착!"

"좋아, 얼른 안에 들어가자!"

눈앞에는 석조 유적의 입구가 있었다.

정보가 정확하다면 여기가 2층으로 이어지는 던전이다.

메이플을 선두로 길을 걸었다. 어둠의 모조품을 들고 걷는 것만으로도 방어력은 완벽했다.

그렇게 걷는 동안에 두 사람은 몬스터와 만났다.

앞에서 나타난 것은 다소 큰 멧돼지였다. 커다란 송곳니가 입가에서 삐져나와서, 두 사람의 눈에는 공격력이 높게 비쳤다.

"【윈드 커터】!"

사리가 선공으로 마법을 날렸다. 하지만 그걸로 HP 게이지는 20퍼센트 정도밖에 깎이지 않았다.

"음……. 위력이 좀 줄었네. 이러면 나도 상태이상 공격 스킬을 올려야 할까."

그런 말을 하는데, 자세를 가다듬은 멧돼지가 돌진해 왔다. 그것은 기세 좋게 메이플과 부딪치려다가.

방패에 잡아먹혔다.

"음······. 멧돼지와 전투하는 건 맡겨도 될까?"

"오케이!"

길목이 좁기 때문에 멧돼지의 돌진은 단순한 자살이었다.

메이플의 방패가 어떤지 모르면서 멧돼지들은 스스로 달려들었다.

갈림길을 좌로 우로 가면서 조금씩 안으로 들어갔다.

"오! 다른 게 나왔어!"

메이플이 새로운 몬스터에게 반응했다. 모퉁이를 지나 나타난 것은 곰이었다.

곰도 마찬가지로 달려들겠거니 싶어서 메이플은 방패를 들었다. 하지만 그렇게 되지 않았다.

곰이 그 굵은 팔뚝을 붕 휘두르자, 발톱 형태의 하얀 이펙트가 날아왔다.

그것은 메이플이 든 방패에 빨려들어 사라졌지만, 메이플을 놀라게 하기에는 충분했다.

"까, 깜짝 놀랐네."

"설마 원거리 공격이 있을 줄이야. 게다가 거리를 벌리면서 앞길을 막고 있고."

멧돼지와 달리 행동 패턴이 복잡한 곰은 멧돼지보다 상위 몬스터겠지.

사리는 생각하듯이 입가에 손을 대더니 말을 시작했다.

"내가 해 볼게. 방패를 들고 똑바로 서 줘."

사리가 그렇게 말한 뒤에 뭐라고 중얼거렸다. 그러자 메이플은 자기 방패가 지면에 떨어진 것처럼 보였다.

그것은 곰에게도 마찬가지였는지, 곰이 기회라고 생각한 것처럼 돌격했다.

메이플도 그 손에 방패를 들고 있는 감각이 없었으면 지면으로 손을 뻗었겠지.

메이플이 방패를 쳐들고 있는 지점에 곰이 도착하는 동시에 그 몸은 사라졌다.

그리고 아무것도 없었을 터인 공간이 일그러지고 방패가 모습을 보였다. 지면에 떨어졌던 방패도 마찬가지로 사라졌다.

"【신기루】 실험은 성공인가?"

"【신기루】였구나! 난 갑자기 방패가 땅바닥에 떨어져서 깜짝 놀랐어."

"이번에는 실험 삼아 써 봤는데, 사용 횟수 제한도 있어서 보스까지 아껴두고 싶으니까 전투는 당분간 맡길게!"

"응! 맡겨줘!"

메이플과 사리는 다시금 안쪽으로 들어갔다. 던전은 그렇게 깊지 않은지 열 번 정도 몬스터와 싸우고 보스의 방에 도달할 수 있었다.

두 사람은 그 커다란 문을 열고 안에 들어갔다.

그 안은 천장이 높고 넓은 방이고, 안으로도 널찍했다. 그리고 제일 안쪽에는 커다란 나무가 우뚝 서 있었다.

두 사람이 방에 들어가자 잠시 후 뒤에서 문이 닫히는 소리가 들렸다.

그리고.

나무가 빠직빠직 소리를 내면서 형태를 바꿔 거대한 사슴으로 변하기 시작했다.

나무가 변해 만들어진 뿔에는 푸릇푸릇한 나뭇가지가 우거졌고, 빨갛게 빛나는 사과가 달려 있었다.

나무로 이루어진 몸을 한 차례 떨더니 대지를 내디디고 두 사람을 노려본다.

"온다!"

"오케이!"

사슴의 발밑에 녹색 마법진이 나타나서 빛났다.

그것이 전투 개시의 신호였다.

사슴이 지면에 발굽을 울리자 마법진이 빛나고, 거대한 덩굴이 연이어 지면을 꿰뚫으며 나타나 두 사람을 덮쳤다.

"여! 차……."

"하핫! 느려!"

메이플의 방패는 정면에서 넝쿨을 막아 삼켰다. 사리는 특기인 회피력으로, 우르릉 소리를 내며 다가오는 넝쿨을 어렵 잖게 피했다.

메인 화력은 메이플의 초승달.

메이플이 카운터로 독룡을 쏘았다.

그것은 넝쿨을 삼키고 녹이고 지워버리며 사슴에게 육박했 다.

하지만 독룡은 사슴의 눈앞에서 녹색으로 빛나는 장벽에 가 로막혀 사라졌다.

"어?!"

"아마도 그 마법진이야! 공격이 안 통해. 어딘가에 기믹이 있을 거야!"

사슴은 다시금 넝쿨을 뻗어서 공격해 왔다. 그 자체는 두 사 람에게 문제가 안 된다는 게 다행이겠지.

두 사람은 잠시 그렇게 버텼지만, 이대로는 끝이 안 나겠다 싶어서 사리가 제안했다.

"조금 제대로 관찰할 테니까, 방어를 맡아 줄래?"

"알았어! ……【도발】!"

넝쿨들이 명백히 메이플에게 몰렸다. 그 틈에 사리가 실험 에 들어갔다.

마법으로 공격을 거듭하여 장벽을 몇 번이나 사용하게 하면서 사리는 드디어 어떤 사실을 깨달았다.

"뿔 부분에는 공격이 통해! ……또 장벽은 저 사과가 유지하는 것 같아!"

사리가 나뭇가지 사이에서 빛나는 사과를 가리켰다. 장벽 발동 때는 사과가 한층 붉게 빛나고, 작고 붉은 마법진이 빙글빙글 맴돌았다.

"그럼…… 나한테 맡겨! 한꺼번에 날려버릴 테니까!"

"응, 부탁할게!"

메이플이 초승달을 쑥 내밀었다. 사리가 뿔 부분에는 공격이 통한다고 가르쳐 주었기 때문에, 메이플의 이번 목표는 사슴의 뿔이었다. 다시금 나타난 독룡은 이번에는 장벽에 가로막히는 일 없이 나뭇잎을 모조리 집어삼키고 사과를 죄다 날려버렸다.

"【윈드 커터】!"

재빨리 사리가 공격을 시도했다. 그러자 이번에는 장벽에 가로막히는 일 없이 사슴에게 공격이 들어갔다. 사과가 방어에 관련이 있다는 사리의 예측은 정확하게 들어맞았다. 사슴에게서 붉은 대미지 이펙트가 흩어졌다.

"좋아! 들어갔다!"

"큰 기술로 갈게!"

방패에 떠오른 결정이 빠직빠직 소리를 내며 깨지는 동시에 초승달에서 거대한 보라색 마법진이 전개됐다. 그것은 잠시 뒤에 한층 빛나더니 머리 세 개 달린 독룡이 되어서 사슴을 덮쳤다.

사슴의 몸이 녹고 붉은 이펙트가 끊임없이 튀었다. 틀림없이 치명적인 대미지였다.

하지만 사슴의 발밑에 있는 녹색 마법진이 한층 빛나며 그 상처를 치료했다. HP 게이지를 20퍼센트까지 회복하고 독의 상태이상을 지운 마법진은 역할을 마치고 흐려져서 사라졌다.

"아까 그거 또 쓸 수 있어?"

"할 수는 있는데, 시간이 좀 걸려."

의논하도록 사슴이 기다려 줄 리도 없어서, 행동 패턴이 변한 사슴이 바람의 칼날과 더욱 굵어진 넝쿨로 공격해 왔다.

또한.

"윽!"

"우우아아아아!"

지면이 갑자기 솟구치며 발밑에서 두 사람을 공격했다. 사리는 그것을 민감하게 탐지하여 피했지만, 메이플은 공중으로 날아갔다.

노 대미지이긴 했지만, 메이플은 지면에 충돌해서【스턴】상태이상을 일으켜서 쓰러진 채로 움직일 수 없어졌다. 본래 생존이 절망적이지만, 그 뒤에 바람의 칼날을 맞아도 HP 게이지가 닳지 않은 것을 보면 일어날 때까지 견딜 수 있으리라.

하지만 메이플의 스킬 발동이 대폭 늦어지는 건 틀림없다.

"어쩔 수 없지……. 귀찮지만……."

사리가 두 손에 대거를 들고 뛰어갔다.

말과는 달리 그 표정은 기쁜 눈치다.

"내가 해치울까."

적의 공격을 완전히 읽어낼 수 있다.

집중하고 있는 사리에게 이 정도의 공격은 없는 거나 마찬가지다. 틈새를 누비며 확실히 사슴의 발밑으로 접근한 뒤【도약Ⅰ】로 사슴의 눈앞까지 뛰어올랐다.

거기가 바람의 칼날이 멎지 않는 전장에서 유일하게 조용한 안전지대.

"여기가 안전한 건 알고 있거든? ……【더블 슬래시】!"

몸을 회전시켜서 두 손의 대거로 4연속 공격.

무기를 두 개 들었기에 하나일 때와 비교해서 두 배의 공격을 할 수 있다. 하나일 때보다 공격 한 방의 위력은 떨어지지만, 숫자로 압도한다.

그리고 사리는 그대로 사슴의 등을 향해 머리 위를 내달렸다.

"【파워 어택】!"

조용히 목덜미를 향해 베는 2연격.

또한 불 마법으로 그 등을 태웠다.

등을 뛰어다니는 사리에게 바람의 칼날이 날아왔다.

하지만 회피는 간단했다.

"응? 여기는 안전하지 않았나?"

횡횡 소리를 내며 나는 바람의 칼날 사이를 누비듯이 이동하여 회피했다. 틈틈이 넣은 연속 공격으로 드디어 HP 게이지를 다 깎았나 싶은 때.

"으음…… 그, 그래! 싸워야지……."

메이플이 간신히 일어서서 사슴을 보았다.

그렇긴 해도 눈앞에서 빛이 되어 흩어지는 사슴을 볼 수밖에 없었다.

"에에에에에엣?!"

"자고 있는 동안에 끝내버렸어."

사리가 돌아와서 그렇게 말했다.

메이플에게는 왠지 모르게 석연치 않은 던전 공략이 됐다.

어찌 됐든 두 사람은 2층 진출의 권리를 손에 넣었다.

10장 방어 특화와 점검.

"아우우…….."

새롭게 2층의 마을을 거점으로 활동을 시작한 메이플과 사리. 하지만 메이플은 어두운 얼굴로 끙끙거렸다.

"으음……. 나도 설마 이벤트 2주 전에 점검이 올 줄은 몰랐어. 게다가…….."

그래, 두 사람은 점검이 끝나자마자 로그인했지만, 그 점검 내용을 보고 경악했다.

정확하게는 주로 메이플이 말이다.

점검 내용은 일부 스킬의 수정과 필드 몬스터의 AI 강화.

대상이 되는 스킬의 명칭은 게임 내용상 밝히지 않았기 때문에 소지한 자밖에 모른다.

그리고 변경점이 하나 더 있었다.

그것은.

방어력 관통공격 스킬 추가와 거기에 따르는 고통의 경감.

스킬은 무기 하나에 세 개부터 다섯 개까지 있고, 위력도 나름 확보되는 것이다.

문제는 스킬의 수정이다.

"우우우……."

"뭐……. 너무 눈에 띄면 흔히 있는 일이야. 신나게 써먹었으니까 말이야."

사리가 괜찮다며 어깨를 두드렸다.

메이플과 관련된 수정은 주로 두 가지.

하지만 사리의 말에 따르면, 우회적인 것까지 포함해서 생각하면 세 가지 점검 내용이 다 관련이 있다고 한다.

일단 스킬 수정에서【악식】이 수정됐다.

【악식】의 수정 후 능력은 하루에 열 번이라는 횟수 제한이 붙었고, 흡수할 수 있는 MP가 두 배가 된다는 것이다.

상시 발동인 것은 변함없기 때문에 공격을 열 번까지 방패로 막아낸 뒤면 어둠의 모조품은 단순한 방패가 된다. 흡수할 수 있는 MP가 두 배가 됐기 때문에 어느 정도 마력 탱크로 써먹을 수 있지만, 약해졌다는 것은 틀림없다.

다음으로 AI 강화는 몬스터가 우회해서 공격하기도 하고, 경우에 따라서는 도주하는 일도 생겼다.

이것은 메이플 같은 사례가 다시 발생하는 것을 막기 위한 것이라고 사리는 메이플에게 말했다. 어떤 의미인지 모르는 듯한 메이플에게 사리가 자세히 설명했다.

"그러니까⋯⋯ AI를 강화하면 메이플의 근본인 【절대방어】를 토끼라는 샛길을 사용하여 딸 수 없어지잖아? AI가 강화된 토끼가 한 시간이나 계속 돌진하지 않게 되고⋯⋯ 운영도 그런 방식은 예상 밖 아니었을까?"

이번 점검으로 메이플이라는 이레귤러가 다시 발생하는 건 막혔지만, 사리가 보기에 메이플의 지금 성능을 완전히 죽여버리는 정확한 조정은 불가능하다고 했다.

"예를 들어서⋯⋯ 【절대방어】를 삭제하거나, 그런 일은 없을 거야. 추측이지만⋯⋯ 상위 플레이어가 가지고 있을 법한 강력한 스킬이 몇 개인가 너프된 거야. 그중 하나가 메이플의 【악식】이었던 거지."

"으음⋯⋯. 뭐, 어쩔 수 없다 싶기도 해. 【악식】이 엄청 강했고. 하지만⋯⋯ 그 수정이⋯⋯."

메이플이 무슨 말을 하려는 건지 알아차린 사리가 계속해서 말했다.

"이걸로 메이플도 대미지를 받게 됐으니까 말이야⋯⋯. 이 수정 내용은 메이플 대책일 거야. 직접 막은 것도 아니고, 흔히 있을 법한 스킬이긴 하지만."

"우우우우우……."

메이플의 내구성이 딱 봐도 상식을 벗어났기 때문에 운영도 고육지책으로 이번 수정을 실장할 수밖에 없었던 것이다.

"뭐, 관통공격은 흔히 있는 스킬이고, 오히려 여태까지 너무 적었어."

사리가 그렇게 말하자, 메이플은 두 손을 모으고 미안하다는 듯이 말했다.

"아……. 미안해! 무적이 아니게 됐어……. 이래선 무적 파티가 될 수 없고……. 모처럼 회피 탱커가 되어주었는데."

그렇게 말하며 메이플은 사리에게 사과했다. 두 사람의 이상적인 파티는 두 사람 다 노 대미지라고 해야 할 것이었다. 이래선 그게 불가능하다.

"그건 어쩔 수 없어. 게다가 대미지를 받게 됐지만…… 꼭 노 대미지가 아닌 것도 아니고……. 대미지 이펙트가 나올 뿐이지 깎아도 깎아도 안 죽는다! 라는 식으로 무적이란 느낌이 강조되고. 거기서 당당하게 웃으면 꽤 멋있지 않아?"

메이플은 대미지가 들어간다는 것을 유일한 희망으로 삼으며 필사적으로 돌격해 오는 상대를 후후후 웃으며 막아내고, 상대가 완전히 지쳤을 때 쓰러뜨리는 모습을 상상했다.

"오……. 그거 정말 괜찮을지도……."

"사악한 웃음이 흘러나오고 있는데?"

"우왓! 지, 지금 건 아냐! 없던 걸로!"

그렇게 말하며 손을 흔들었다. 사리는 미소를 지으면서 말을 이었다.

"으음……. 하지만 그렇게 하면 HP도 올려야 할까. 관통에 깎이면 문제고……. 아픈 건 괜찮아?"

"으음……. 진짜 못 참겠다 싶은 정도는 아니야. 현실보다는 훨씬 안 아프고……. 게다가 아픔은 경감되는 모양이고."

"플레이어 스킬을 연마해서 최대한 막는 거랑…… 회복계 스킬과 장비, MP와 HP 계통도 필요할까?"

그것만 있으면 결국 무적이나 마찬가지라고 사리는 말했다.

"장비품 모으는 거 도와줄게! 그리고 스킬도 괜찮을 듯한 것을 찾아보자."

"괘, 괜찮아?"

"내가 이 게임에 데려왔으니까 메이플과 함께 즐기려면 그 정도는 해야지? 아예 지금부터 같이 안 갈래?"

"고마워!"

"뭐, 나도 도움받고 싶을 때가 있으니까……."

"응! 그때는 열심히 할게!"

메이플은 활짝 웃으며 대답했다.

"그럼…… 일단은 HP를 올리는 스킬을 취득하러 갈까. 그게 제일 중요하고. 나도 몇 개 아니까 그것부터 하자. 이벤트도 다가오고 있으니까 서두르자!"

"오오!"

두 사람은 필드로 달려갔다.

새로운 스킬을 손에 넣어서 메이플의 약점을 커버하고, 제2회 이벤트에서도 좋은 성적을 남기기 위해서.

지금 할 수 있는 일을 하는 것이다.

그렇게 능력 강화를 위해 필드로 달려간 다음 날.

메이플은 2층에 있는 마을에서 【악식】의 사용법에 대해 생각했다.

예전처럼 마음대로 쓸 수 없게 됐기 때문에, 사용할 타이밍을 생각해서 절약해야만 한다.

"음……. 그러니까 방어력을 더 올려서 대미지를 잘 들어오지 않게 하고……."

메이플이 지금 할 수 있는 일은 오로지 【VIT】 수치를 올려서 방패 없이도 대미지를 받지 않는 상태를 목표로 하는 것이다.

"레벨도 조금 더 올려야겠고."

메이플이 일어서서 오늘도 필드로 나가려던 때, 메이플에게 메시지가 도착했다.

"응? ……아! 이즈 씨한테서 온 거다!"

메이플이 메시지를 읽어 보니 방패가 완성됐다고 적혀 있었다.

"그래, 이걸로 나누어 쓰기 쉬워졌어!"

【악식】을 어떻게 절약할지 생각하던 메이플에게 이건 딱 좋은 타이밍의 완성 보고였다.

"얼른 가야지."

메이플은 이즈의 가게로 서둘러 갔다.

메이플은 이즈의 가게에 도착해서 문을 열고 안에 들어갔다.

그러자 카운터 너머에 있던 이즈와 딱 눈이 마주쳤다.

"어머, 메이플. 금방 왔네."

"예. 완성됐나요?"

"그래, 물론. 자, 이거야."

메이플은 【백설(白雪)】이라는 이름이 붙은 새하얀 방패를 받고 그것을 장비했다.

예쁘게 장식한 방패다. 첫눈처럼 새하얀 방패에는 곳곳에 푸른 보석이 박혀 있었다. 【어둠의 모조품】과 비교해도 손색이 없는 방패라고 할 수 있겠지.

"고맙습니다!"

메이플은 기뻐하며 그 방패를 바라보았다.

이즈는 그 광경을 미소와 함께 지켜보았다.

"그래. 어울려. 내구치도 높게 만들어졌지만…… 자주 정비하러 와야 한다? 부서지면 큰일이니까."

"예!"

메이플은 기운차게 대답했다.

"그러면 한번 그 방패로 싸워 볼래? 사이즈도 최대한 맞췄지만…… 쓰기 불편하면 다시 개량해 줄게."

"알겠습니다. 감사합니다!"

그 뒤에 메이플은 이즈와 잠시 이야기를 하고 【백설】을 인벤토리에 넣은 뒤 이즈의 가게를 뒤로했다.

가게 밖으로 나온 메이플은 그대로 필드로 걸어갔다.

이즈가 말했듯이 【백설】을 한번 써 보기로 생각했기 때문이다.

쇠뿔도 단김에 빼라고 했다.

"어어…… 사리가 해 보라고 했던 훈련도 같이 해 보자!"

동시에 할 수 있을 만한 일도 떠올라서 메이플은 의욕 넘치게 필드로 달려갔다.

이럭저럭하는 동안에 사리와 함께 스킬을 모으기 시작한 지 일주일이 지났다.

즉, 이벤트까지 일주일 남았을 무렵, 메이플은 혼자 로그인

하여 스킬을 찾고 있었다.

"사리의 말을 듣고 처음 안 건데…… 파티에서 방패 든 사람이 보통 가진 스킬이 나한테는 전혀 없네."

사리에게 방패의 고유 스킬에는 방어력이나 방어에 관련된 것이 풍부하다는 이야기를 들었고, 시간이 맞지 않아 혼자로 그인했을 때는 기본적으로 그걸 익히려고 했다.

참고로 HP 강화나 MP 강화를 위한 스킬을 중심으로 모아야 할 스킬 몇 개는 사리와 함께 이미 손에 넣었다.

메이플은 현재 스테이터스를 확인하면서 자기에게 필요할 만한 스킬을 찾았다.

```
메이플
Lv 24   HP 40/40〈+60〉    MP 12/12〈+10〉

【STR  0】              【VIT  170〈+66〉】
【AGI  0】              【DEX  0】
【INT  0】
```

```
장비
머리    【없음】              몸      【흑장미의 갑옷】
오른손  【초승달 : 독룡】      왼손    【어둠의 모조품 : 악식】
다리    【흑장미의 갑옷】      신발    【흑장미의 갑옷】
장식품  【포레스트 퀸비의 반지】
        【터프니스 링】
        【없음】
```

```
스킬
【실드 어택】【몸놀림】【공격 피하기】【명상】【도발】
【HP강화(소)】【MP강화(소)】
【대형 방패의 소양Ⅳ】
【절대방어】【극악무도】【자이언트 킬링】【히드라 이터】【봄 이터】
```

스킬은【HP 강화(소)】와【MP 강화(소)】를 취득하여, HP가 30, MP가 10 증가했다.

또한 사리가 준 터프니스 링 덕분에 HP가 또 30 증가했다.

적게도 느껴지지만, 일단 이걸로 메이플의 HP는 두 배 이상으로 껑충 뛰었다.

사리는 이벤트까지 서둘러서 방어력 관통 스킬을 취득하겠다고 말했다.

이유는 아마도 메이플에게 들어가는 대미지를 재기 위한 것이다. 테스트도 없이 실전에 투입할 수도 없으니까.

"여러모로 애써 주고 있으니까, 나도 도움이 되는 스킬을 익혀야지……."

그리고 메이플은 어느 스킬에 주목했다.

"【커버 무브 Ⅰ】과【커버】…… 방패의 기본 스킬일까……. 나는 따지 않았지만."

파티 멤버를 지키기 위한 스킬로 방패 전용 스킬이다. 파티를 짜는 방패 장비 플레이어라면 전원이 가졌다고 해도 좋은 스킬이겠지.

메이플도 파티를 짜게 되면서, 전에 보았을 때는 필요 없다고 생각했던 이 스킬에 흥미가 생겼다.

【커버 무브 I 】
AGI 수치를 무시하고 반경 5미터 이내에 있는 파티 멤버에게 이동할 수 있다.
사용 후, 30초 동안 받는 대미지가 2배가 된다.
사용 가능 횟수 10회.
사용 가능 횟수는 1시간마다 회복된다.

취득방법
스킬샵에서 구매.

【커버 I 】
가까이 있는 파티 멤버를 공격으로부터 지킨다.
발동 시 VIT 수치 10퍼센트 증가.

취득방법
스킬샵에서 구매.

스킬샵이란 장비별로 기본이 되는 스킬을 판매하는 NPC 샵이다.

【커버 무브 I 】이나 【커버】 외에는 【슬래시】나 【더블 슬래

시】등도 판매하고 있다.

　지저호수에서 입수한 하얀 비늘 중 남는 것을 팔아서 대량의 G를 입수했기 때문에 두 개 정도라면 여유롭게 살 수 있다.

　"사러 가 볼까!"

　메이플은 NPC 샵을 향해 걸어갔다.

　이걸로 사리가 위험할 때 구할 수 있을지도 모르니까 필요하다고 생각한 것이다.

　메이플이 스킬을 사서 꾸러미를 한 손에 들고 가게에서 나왔다. 꾸러미 안에는 스킬이 기록된 두루마리 두 개가 있다.

　메이플은 벤치에 앉은 뒤 부스럭부스럭 소리를 내면서 그걸 꾸러미에서 꺼내 펼쳤다.

　그러자 두루마리에 적힌 글자가 빛을 내더니, 그 빛이 사라지는 것과 함께 두루마리도 후드득후드득 부서지더니 빛이 되어 사라졌다.

[스킬【커버 무브Ⅰ】을 취득했습니다]

　"오오————! 멋져!"

　메이플은【커버】두루마리도 꺼내서 기세 좋게 펼쳤다.

　그것은 마찬가지로 빛을 뿜어내고, 부서져서 빛에 섞여 사라졌다.

"아아……. 벌써 끝났네. 더 필요한 스킬 없을까……."

현재 필요한 스킬을 입수하기 위해 사전 조사를 한 거니까, 그런 게 있을 리도 없었다.

"뭐, 됐어……. 나중에 언젠가 추가될지도 모르고…… 그보다 사리가 말했던 플레이어 스킬을 연습하러 가자!"

그렇게 말하고 제2층의 필드를 향해 의기양양하게 나갔다.

◆ ▢ ◆ ▢ ◆ ▢ ◆ ▢ ◆

"우우……. 느려. 너무 느려. 내 걸음은 이렇게 느렸나……."

사리의 말을 듣고 그럭저럭 멀리까지 와 보니 사막이었다. 거기를 어느 정도 걷다가 멈춰 섰다. 사리의 말로는 지금으로선 이 사막이 제일 좋다고 했다.

"으음……. 적이 안 보이는데……. 우와앗?!"

뒤에서 덮친 충격에 메이플은 앞으로 넘어질 뻔했다.

대미지는 물론 0이라서 사망 위험은 전혀 없다.

"뭐, 뭐지?! 아, 저건가!"

메이플의 등에 부딪힌 건가 싶은 공벌레형 몬스터가 데굴데굴 구르는 게 보였다.

그것은 한동안 구른 뒤에 둥글게 말았던 몸을 뒤돌리고, 사막의 모래 속으로 샤샤삭 숨었다.

"아하⋯⋯. 저걸 방어하는 연습인가."

메이플은 방패를 순백의 방패로 바꾸었다.

이즈가 만들어준 방패인 【백설】이다.

```
【백설】
【VIT+40】
```

어둠의 모조품과 비교하면 스킬 이름도 없이 심플하지만, 그 VIT 보정은 현재 가진 어둠의 모조품을 웃돌았다.

이런 점에서도 이즈의 실력을 알 수 있겠지. 제일선급의 플레이어를 돕는 것은 최고의 생산직 플레이어다.

"좋아⋯⋯. 힘내자!"

그렇게 말하고 방패를 든 메이플의 뒷머리에 공벌레가 부딪쳤다.

"우와! 자, 잠깐 기다려!"

몬스터가 기다려 줄 리도 없어서, 그렇게 소리치는 메이플에게 또다시 부딪쳤다.

"우우⋯⋯. 화, 화낼 거야!"

일어서서 방패를 쳐들고 귀를 기울였다.

사리의 말로는, 적의 이동으로 발생한 소리에서 적의 위치를 찾는 게 중요하다는 모양이다. 메이플은 사리가 한 말을 의식하여 최대한 열심히 적의 위치를 찾았다.

"음……. 이쪽!"

메이플이 오른쪽을 향해 방패를 들었다. 그와 동시에 튀어나온 공벌레가 방패에 카앙 하고 부딪쳤다가 튕겨났다.

"좋아…… 꺄악!"

막아냈다는 만족감에 젖었던 메이플의 뒤에서 다른 공벌레가 부딪쳤다.

"그, 그런가. 한 마리가 아니구나. 어렵네."

그 뒤 두 시간 정도 싸웠지만, 최종적으로 막아낼 수 있었던 것은 40퍼센트 정도였다.

사리의 말로는 모두 다 막아낼 수 있게 되면 대부분의 경우에 관통 공격을 맞지 않을 수 있다고 했다.

"40퍼센트……. 뭐, 잘한 편일까. 정말로 사리는 어떻게 그걸 다 피할 수 있지……."

적의 공격이 알아서 빗나가는 것처럼 회피하는 친구의 모습을 떠올리면서 오늘은 이만 로그아웃했다.

조금 시간을 거슬러 올라가서, 사리가 혼자 로그인했을 무렵. 사리는 자기 스테이터스에 대해 생각했다.

"좋아, 슬슬 스테이터스를 분배하자. 이미 방침도 정했고 말이야. 음…… 공격 수단은 다양한 편이 좋고…… STR에 15, AGI에 20, 나머지는 INT에 전부 몰아서…… 이걸로 50을 다 썼어!"

```
사리
Lv 18   HP 32/32          MP 25/25〈+35〉

【STR  25〈+20〉】        【VIT  0】
【AGI  75〈+68〉】        【DEX  25〈+20〉】
【INT  25〈+20〉】
```

```
장비
머리    【수면의 머플러:신기루】 몸      【대해의 코트:대해】
오른손 【심해의 대거】          왼손    【해저의 대거】
다리    【대해의 옷】            신발    【블랙 부츠】
장식품 【없음】
         【없음】
         【없음】
```

```
스킬
【슬래시】【더블 슬래시】【질풍 베기】
【다운 어택】【파워 어택】【스위치 어택】
【파이어 볼】【워터 볼】【윈드 커터】【샌드 커터】【다크 볼】
【워터 월】【윈드 월】【리플래시】【힐】
【상태이상 공격Ⅲ】
【근력 강화(소)】【속도 강화(소)】【체술Ⅰ】
【MP 강화(소)】【MP 컷(소)】【MP 회복속도 강화(소)】【독 내성(소)】
【채집 속도 강화(소)】
【단검의 소양Ⅱ】【마법의 소양Ⅱ】
【불 마법Ⅰ】【물 마법Ⅱ】【바람 마법Ⅱ】
【흙 마법Ⅰ】【어둠 마법Ⅰ】【빛 마법Ⅱ】
【기척 차단Ⅱ】【기척 감지Ⅱ】【발소리 죽이기Ⅰ】【도약Ⅰ】
【낚시】【수영Ⅹ】【잠수Ⅹ】【요리Ⅰ】【잔재주꾼】
```

"빛 마법도 Ⅱ로 올려서 【힐】을 쓸 수 있게 됐고…… 【상태 이상 공격 Ⅲ】을 찍어서 상태이상도 걸기 쉬워졌고……. 관통공격도 땄고, 공격도 지원도 그럭저럭 좋은 느낌이야."

그렇게 말한 사리는 스테이터스를 닫고 필드로 나갔다. 목표는 조금 떨어진 깊은 숲속이다.

"메이플 몰래 멋진 스킬을 취득해서 놀라게 해 줄까."

사리는 현재 게임 안에서 항상 발생하는, NPC 이벤트 중 하나를 공략하는 중이었다.

숲속에는 작은 집이 있고, 거기에서 이벤트를 진행해 【초가속】을 입수할 수 있다.

"【AGI 70】 돌파가 조건이니까, 아슬아슬하게 채워서 다행이야!"

사리도 사리 나름대로 메이플과의 첫 이벤트를 위해 자기 자신을 강화했다.

"좋아, 도착!"

사리가 도달한 곳은 숲속의 작은 집이었다. 겉보기로는 딱히 특이한 곳이 없는 일반적인 로그하우스다.

그 집의 바로 옆에는 깨끗한 시냇물이 흘러 물레방아가 천천히 돌고 있었다.

집 앞에는 작은 밭, 그리고 장작을 패다가 그대로 둔 듯 손대지 않은 나무토막이 몇 개 놓여 있었다.

작은 새들이 지저귀는 소리가 사리의 귀에 부드럽게 울렸다.

사리는 집에 다가가서 문을 똑똑 두드리고 잠시 기다렸다.

잠시 뒤에 문이 안쪽에서 열렸다.

안에서 지팡이를 짚고 하얀 수염을 길게 기른 남자가 나왔다.

"이런 곳에 어쩐 일로 사람이 왔지…… . 아무튼 들어와라. 이 근처에는 위험한 몬스터도 많으니."

그렇게 말하며 노인은 사리를 집 안으로 들여보냈다. 사리는 얌전히 그 말에 따라 안으로 들어갔다.

AGI 수치가 부족하면 노인은 집에 없어서 이벤트가 발생하지 않는다.

집 안은 최소한의 가구가 있을 뿐이지, 썰렁했다.

유일하게 마음이 가는 것이라면 구석에 있는 선반 위에 낡긴 했어도 확실한 존재감을 띠는 단검이 있는 정도겠지.

사리는 그 뒤에 노인이 시키는 대로 테이블 근처에 있는 의자에 앉았다.

노인은 그런 사리의 앞에 차가 담긴 잔을 놓았다.

"마셔라. 조금은 몸도 편안해질 거다."

"어어…… . 고맙습니다. 잘 마시겠습니다."

사리가 차를 마셨다. 노인의 말처럼 몸이 편해졌다.

구체적으로는 MP가 완전 회복됐다.

HP는 닳지 않았기 때문에 알 수 없었지만, 정보에 따르면 HP도 회복되는 모양이었다.

"흠……. 좀 쉬었다 가거라. 나는 【마력수】를 뜨러 가지."

【마력수】는 마력이 회복되는 물이 솟는 샘에서 길은 물이다. 그 샘의 위치는 제2층 마을의 NPC에게서 들을 수 있다.

샘은 지금 위치에서 대략 30분 걸리는 조금 먼 곳에 있다.

여기서 사리가 기다렸다는 듯이 입을 열었다.

"예. 그럼 내가 대신 떠올게요."

"음, 그런가? ……그럼 고맙게 받아들여 볼까. ……최근에는 나도 다리가 안 좋아져서."

노인은 그렇게 말하더니 사리에게 유리병을 건넸다.

사리의 앞에 청색 화면이 나타났다.

거기에는 YES, NO라는 글자가 표시되어 있었다.

사리는 물론 YES를 눌러서 퀘스트를 받았다.

【마력수】는 2층에 들어온 직후에 생산직 플레이어들이 검증을 했는데, 아무래도 샘에서 뜰 수는 없었다.

그 자리에서 마시고 MP를 회복할 수는 있지만, 지금 시점에서 그것을 가지고 돌아가는 것은 불가능하다.

유일하게 뜨는 방법이 이 이벤트 중에 받은 유리병을 썼을 경우다.

즉, 샘은 이 이벤트를 위해 준비된 장소라고 할 수 있다.

"그럼 다녀오겠습니다!"

"미안하군……. 부탁하마."

그리고 사리는 로그하우스를 나서서 샘으로 향했다.

이 근처에 생식하는 몬스터는 주로 세 종류.

첫 번째는 빅 스파이더.

그 이름처럼 커다란 거미다. 그 크기는 1미터로, 대상을 구속하는 거미줄로 공격하기에 귀찮다. 사리도 거미줄 공격은 싫었다.

두 번째는 슬립 비틀.

대상을 잠재우는 상태이상 공격을 하는 딱정벌레다. 크기는 보통 딱정벌레보다 다소 큰 정도로, 놓치기 쉬워서 기습공격이 무서운 몬스터다.

세 번째는 트렌트.

나무로 의태한 상태에서의 기습공격이 주특기다.

하지만 이 숲에서 유일하게 빨간 열매가 열리는 나무라는 특징이 있다.

그렇기 때문에 사전에 알아두면 회피할 수도 있겠지. 하지만 그걸 제외해도 가지나 뿌리를 사용하는 공격은 사정거리가 길어서, 미처 피하지 못하고 당하는 플레이어도 많다.

사리는 숲속을 달렸다.

사전에 조사한 대로 몬스터는 한 마리도 나타나지 않았다.

그리고 꼬박 30분 만에 샘에 도달할 수 있었다.

"예뻐……."

한없이 투명한 그 물은 살짝 반짝이며 주위 나무들이나 들풀을 비추었다.

그 환상적인 광경에 사리도 잠시 발걸음을 멈추고 샘을 바라보았다.

그리고 샘의 물을 마셔서 MP를 회복하고 집중력을 높였다.

"이제부터……시작이야."

사리는 유리병에 샘물을 담고 인벤토리에 넣었다. 제한시간은 한 시간.

시간 내로 로그하우스까지 돌아가지 못하면 이벤트는 실패로 끝난다.

그리고 올 때는 전혀 나타나지 않았던 몬스터들이 기다렸다는 듯이 숲에 넘쳐났다.

"갈까……."

사리는 몸을 돌리고 숲에 뛰어들어서 그대로 달렸다. 거미의 기분 나쁜 울음소리가 울렸다.

이 이벤트는 이제부터가 진짜다.

몬스터 없이 30분 걸린 길을 몬스터가 있는 상태로 한 시간 내에 돌아간다.

【초가속】을 손에 넣으려면 이 시련을 통과해야만 한다.

거미줄이 나무 위나 덤불에서 횡횡 소리를 내며 날아왔다. 여기에 맞으면 붙잡혀서 끝장이다.

"여차! ……! 【신기루】!"

사리가 달려가고, 그 몸에 슬립 비틀이 대량으로 부딪쳤다.

하지만 그것은 형태를 일그러뜨리더니 허공에서 녹아버렸다.

그것을 힐끗 보면서 사리는 슬립 비틀의 무리를 돌파했다.

"위험해, 위험해…… 어차!"

사리의 발밑에서 날카로운 나무뿌리가 뻗어왔다.

사리의 스테이터스라면 일격사를 면할 수 없다.

결코 멈추지 않고, 나무뿌리를 회피하면서 주위를 확인했다.

빨간 열매가 열린 나무가 셋. 틀림없이 트렌트다.

"【파이어 볼】!"

이글대는 불구슬이 움직임이 둔한 트렌트에게 적중하여 그 줄기를 격하게 태웠다.

트렌트의 노성이 숲에 울렸다.

"이건……! 실수했을지도…….."

트렌트의 소리에 이끌려서 다가오는 몬스터들이 사리의 【기척 감지 Ⅱ】에 걸렸다.

"【신기루】!"

사리는 숲 방향으로 자신의 환영을 보냈다.

딱정벌레는 그걸로 유도할 수 있었지만, 거미는 그렇지 않았다. 무슨 스킬을 가진 건지, 사리가 있는 곳으로 향했다.

"들켰네! 【슬래시】!"

거미줄을 피하면서 2연격.

HP 게이지가 확실히 줄어들지만, 아직 70퍼센트는 남았다. 도저히 쓰러뜨릴 여유는 없다.

"제길……. 트렌트도 성가셔……!"

적의 숫자가 심상찮고 제각기 다른 의사를 가지고 움직인다.

게다가 거미의 AGI 수치는 상당히 높다. 사리와 큰 차이가 없을 정도다.

애초에 AGI 특화가 도전하는 퀘스트니까 당연하겠지.

"【대해】!"

사리의 발밑에서 물이 얇게 퍼졌다. 쫓아오던 거미가 걸려서 속도를 잃었다.

"【슬래시】! ……【윈드 커터】!"

트렌트가 뻗은 가지와 뿌리를 베면서 사리는 계속 전진했다.

거미와의 거리가 쭉쭉 벌어졌다.

하지만 사리의 신경도 소모됐다.

계속 달리지 않으면 붙들리지만, 여기는 숲속이다. 복잡하게 우거진 나무에 발밑의 덤불, 어디에 진창이 있을지 알 수 없다.

발이 빠지기라도 하면 단숨에 상황이 악화된다.

사리의 귀에 날갯소리가 들려서 돌아보았다.

"또 딱정벌레?! ……진짜로?"

이 숲에 생식하는 몬스터는 '주로' 세 종류.

그래, 좀처럼 만나지 않기는 해도 또 하나의 몬스터가 있다.

뒤에서 다가오는 것은 거대한 잠자리였다.

그 이름은 바람잠자리.

그 이름의 유래가 된 바람 마법으로 가속하면서, 나무 따윈
전혀 없는 것처럼 고속으로 날았다.

"운도 없긴! ……제길……! 【윈드 커터】!"

바람의 칼날을 뒤로 쏘아서 위협했다.

이 상황에서 싸울 여유는 없다. 어떻게든 도망쳐야만 한다.
지금도 슬금슬금 거리는 좁혀지고 있다.

숙련도 높은 바람 마법이 사리의 주위를 바람 소리와 함께
지나갔다. 나무를 방패 삼아 바람 마법을 피하면서 【대해】를
펼쳐서 거미를 견제했다.

오른쪽에서 날아온 슬립 비틀은 【신기루】로 피했다. 그리
고 계속 달리고 있는 동안에 다시금 몬스터에게 포위됐다.

사리에게 초조한 빛이 떠올랐다.

"앞에서는 거미가 오고……. 오른쪽은 트렌트. 이건 왼쪽!"

【기척 감지 Ⅱ】를 최대한 활용하여 최대한의 정보를 얻고 최
선의 루트를 택한다.

조금이라도 나무가 더 우거져서 잠자리가 날기 어려운 쪽으

로. 눈앞에는 세 마리의 트렌트. 물론 상대할 틈은 없다.

"【신기루】!"

트렌트는 간단히 걸렸고, 수십 개나 뻗은 날카로운 가지가 사리의 환영을 꿰뚫었다.

트렌트는 확실하게 꿰뚫는 느낌을 받았는지 의기양양하게 기분 나쁜 웃음소리를 냈다.

"고마워! 정말 고마워!"

사리가 안도와 함께 중얼거렸다.

꿰뚫은 것은 사리가 아니라.

바람잠자리의 날개 중 하나였다.

바람잠자리도 예상 밖의 공격을 완전히 회피할 수는 없었다.

날개가 찢어진 바람잠자리의 속도가 떨어졌다.

사리와의 거리가 벌어졌다.

째각째각 기분 나쁜 소리를 내면서 바람잠자리는 바람 마법을 사리에게 날렸지만, 그런 공격이 사리에게 닿을 리도 없었다.

"하아…… 하아……. 도착! 휴우! 진짜 최고로 힘들었던 것 같아……."

사리의 눈앞에 로그하우스가 있었다.

여기까지 걸린 시간은 52분, 아슬아슬하게 왔다.

사리가 로그하우스의 문을 열었다.

"다녀왔습니다!"

"오오! 기다리고 있었다, 탈 없이 다녀와서 다행이군……."

수십 번의 위기를 돌파한 사리는 미묘한 얼굴을 했지만, 노인은 그런 걸 개의치 않고 이야기를 계속했다.

"흠……. 사례를 해야겠군……. 어디, 잠시 기다려 봐라."

그렇게 말한 노인은 두루마리 하나를 서랍에서 꺼내 가져왔다.

"스킬【초가속】을 배울 수 있지. 도움이 될 거다. ……사양 말고 받아라."

그렇게 말하더니 노인의 모습이 흐려지고 사라졌다.

"나에게는 필요 없는 물건이다."

뒤에서 목소리가 들려서 사리가 황급히 돌아보았다.

장난에 성공한 소년처럼 기쁜 듯이 웃는 노인이 뒤에 서 있었다.

"후후……. 더욱 정진하도록."

"예, 옙!"

무심코 대답을 하고 사리는 로그하우스를 뒤로했다.

새로운 힘을 손에 넣고서.

◆ □ ◆ □ ◆ □ ◆ □ ◆

　스킬을 모으느라 뛰어다닌 일주일은 순식간에 지나가고, 드디어 제2회 이벤트 개최일이 다가왔다. 두 사람은 2층의 마을에서 이벤트 시작을 기다리고 있었다.

　"휴우. 처음 이벤트라서 좀 긴장되네."

　사리가 중얼거리면서 기지개를 켰다.

　"예전처럼 사람이 많네. 역시 이벤트는 다들 참가하는구나."

　"그래, 역시 얻을 수 있는 게 많고 말이지……. 아, 슬슬 시작하려는 걸까?."

　2층 광장에는 사람이 많이 모여서 일종의 열기가 소용돌이치고 있었다.

　그 가운데 드디어 안내방송이 시작됐다. 설치된 스피커에서 치직 소리가 나오고, 목소리가 들려왔다.

　"지금부터 제2회 이벤트를 개최하겠습니다!"

　와! 하는 함성과 함께. 지금 제2회 이벤트의 막이 올랐다.

〈2권에서 계속〉

오리지널 번외편 : 방어 특화와 1층 돌기.

　메이플과 사리가 수중 던전 공략을 위해 지저호수에서【수영】스킬을 단련할 때, 두 사람은 꼭 그것만을 위해 로그인한 게 아니었다. 메이플의 장비에 쓸 다른 소재 탐색이나 관광 등도 했다.

　지저호수에서의 낚시와 잠수로 상당한 양의 비늘을 입수할 수 있었던 메이플과 사리는 다른 소재를 찾아서 다른 장소를 탐색하게 됐다.

　"사리, 어때? 어디로 갈까?"

　"으음……. 이제 막 시작했으니 말이야. 나보다도 네가 이 게임을 오래 했으니까, 메이플을 따라갈 건데?"

　"사실 난 그렇게 많이 돌아다니지 않았어……. 어디에 가든 멀어서, 가기만 해도 오늘 게임은 다했구나 싶을 정도."

　실제로 그렇게 필드나 마을이 넓은 것은 아니지만, 메이플의 걸음은 표준 이하, 아니, 느리다는 말보다 더 심하다.

　그렇다면 돌아보지 않은 것도 당연하다고 사리는 납득했다.

"그럼 나랑 다닐래? 아무튼 이 마을부터. 가게에서 파는 소재 중에도 괜찮은 게 있을지도 모르고."

"응! 좋아, 그러자!"

메이플도 사리의 제안에 찬성하여, 두 사람은 사람이 북적대는 1층 마을을 걷기 시작했다.

메이플의 장비의 소재. 그 기본이 되는 것은 인벤토리에 있는 지저호수산 대량의 비늘인데, 장식으로 쓰고 싶은 파란색 소재가 부족했다.

그렇기 때문에 두 사람의 목적은 일단 파란색 소재를 찾는 것이다.

"메이플, 일단 근처부터 들어가 보자."

"그래."

메이플과 사리가 들어간 곳은 NPC가 운영하는 장비품 가게였다.

이제 막 시작한 플레이어는 살 수 없을 정도로 그럭저럭 값이 나가는 반지나 목걸이 등이 장식되어 있지만, 보석이 따로 유통되거나 하는 일은 없었다.

"예쁘긴 한데…… 조금 다른가."

"그래. 메이플, 다음 가자."

두 사람은 각자 손에 들어보던 장식품을 원래 위치로 돌려놓고 그 가게를 뒤로했다.

"장식품을 파는 곳은 전부 꽝일지도."

가게를 나오자마자 사리는 메이플에게 말했다.

"우우……. 그럼 어쩌지?"

"퀘스트 보상을 노려보든가, 아예 필드로 나가 볼까."

지저호수에서 소재를 모았을 때처럼 하는 게 제일 빠르다고 사리는 결론을 내렸다.

"하지만 아는 게 없는걸?"

메이플은 여태까지 다닌 곳, 혹은 취득하려고 생각했던 방어계 스킬들의 취득 조건이나 관련 퀘스트의 발생 장소 정도밖에 모른다.

어느 정도 잘 아는 것도 있지만 모르는 건 전혀 모른다.

그리고 그 편중된 지식 중에 파란색 소재를 구할 곳은 당연히 없다.

지금 상황에서는 오히려 스킬을 모으려고 뛰어다닌 사리가 폭넓게 필드 지식을 가져서 더 알맞을지도 모른다.

"그럼 정보라도 보러 갈까."

"오케이!"

두 사람은 메이플도 이용한 적이 있는 게시판, 그중에서 몬스터 정보, 드랍 아이템 정보에서 파란색 소재가 나올 법한 몬스터를 찾았다.

"염료……랑은 또 다르고, 그럼 이거?"

그렇게 말하며 사리가 가리킨 글을 메이플도 읽었다.

그리고 그것이 메이플이 원하는 소재가 맞는지 생각했다.

"응, 그걸로 하자!"

"오케이. 그럼 장소를 잘 확인하고 준비도 해서 가자."

상태이상 공격을 이용하는 것도 아니고, 공격력이 딱히 높은 것도 아니라는 내용은 게시판 정보 중에서 얻을 수 있었다.

그렇기 때문에 두 사람은 메이플이 수비, 사리가 찔끔찔끔 공격하면 된다는 결론에 도달했다.

만에 하나 대미지를 입었을 때를 위한 포션도 가지고 있는 지금, 전멸하지 않을 정도의 안전은 틀림없이 확보됐다.

"마을에서 나가서 북서쪽 숲으로."

"출발~!"

이렇게 두 사람은 마을을 나섰다.

마을을 나간 뒤에 메이플은 장비를 벗고 사리에게 업혀서 이동하는 체제로 바꾸었다.

평범하게 걸어갔다간, 그 소재로 만족할 수 없을 경우에 다음 아이템 수집으로 이행하기 위한 시간이 없어진다.

지저호수에 갔을 때도 쓴 방법으로, 이것은 사리가 있기에 처음으로 가능해진, 메이플의 느린 다리를 커버하기 위한 방책이다.

"역시 빠르네."

"메이플이 너무 느린 거라니까."

도중에 몇몇 플레이어와 엇갈리면서 메이플을 업은 사리는 목적지를 향해 달렸다.

제1회 이벤트에서 영문 모를 방식으로 승리했고, 게다가 표창까지 받은 메이플은 당연히 제일 주목받는 플레이어다.

그런 메이플이 누군가의 등에 업혀서 지나가는 모습 또한 다소 화제가 됐다.

그런 것을 모르는 두 사람은 그대로 목적지에 도착했다.

"고마워, 사리."

메이플은 지면에 내려와선 방어구를 다시 장비하고 기지개를 켰다.

"응, 그럼 목적하던 몬스터를 찾으러 가자."

정보에서 생각하면 그렇게 출현률이 낮은 몬스터가 아니기 때문에, 두 사람은 어느 정도 시간을 들이면 찾을 수 있다고 생각하고 이 숲에 왔다.

"이 숲 안쪽이지?"

"그래. 멀면서도 경험치도 별로인 몬스터뿐이라서 사람도 별로 없을 거니까 느긋하게 찾을 수 있겠지."

두 사람은 깊은 숲의 안쪽을 향해 발을 옮겼다.

당연히 숲속에는 목적하는 몬스터와 다른 몬스터도 나온다.

그대로 지나칠 수는 없었다.

"사리, 일단 내 뒤에 숨어."

"오케이."

메이플이 방패를 들고서 걸어갔다.

필살의 방패, 모든 것을 먹어치우는 방벽이 앞에서 오는 위험을 대부분 없앤다.

"메이플, 위!"

"위?"

메이플이 위를 바라보니 녹색 손을 가진 원숭이가 눈앞까지 와 있었다.

원숭이는 낙하 속도를 살려서 그대로 메이플의 머리를 걷어찼다.

"우와!"

메이플은 기습에 놀랐지만 대미지는 0이었다.

원숭이는 그대로 메이플의 머리를 붙들고 할퀴어서 공격을 계속했지만, 메이플에게는 장난치는 정도로밖에 느껴지지 않았다.

"【슬래시】!"

사리의 대거가 원숭이를 베어서, 원숭이는 메이플에게서 떨어져 사리 쪽으로 덤볐다.

다만 그 공격이 성공할 일은 없었다.

"어디야?!"

빙글 몸을 돌린 메이플의 방패가 우연히 원숭이의 몸을 절반 삼켰기 때문이다.

"오, 나이스 플레이. 우연이었겠지만."

"아하하, 들렸어?"

"완전히 놓쳤으니까. 메이플도 위를 경계하면서 가자."

"응, 그렇게 할게."

메이플은 다음에는 이렇게 하겠다는 듯이 방패를 머리 위로 몇 차례 움직였다.

"드랍 아이템은 나중에 돈으로 바꿀까. 장비로는 못 쓸 것 같고 말이야."

사리는 드랍된 녹색 손을 인벤토리에 챙기면서 말했다.

이번에 얻는 아이템은 팔아도 거의 돈이 되지 않지만, 티끌모아 태산이라고 한다.

인벤토리에 공간이 있는 지금은 가져가도 되겠지.

그렇게 덤불이나 나무 위에서 덤벼드는 몬스터를 처리하면서 전진한 지 10분.

녹색이 한층 진한 이파리가 우거진 나무들이 늘어선 지역이 나왔다.

"여기일까. 메이플, 그거 내려도 돼."

"그래?"

메이플은 머리 위에 우산처럼 들었던 방패를 평소처럼 몸 앞으로 내렸다.

뛰어내린 몬스터의 착지점이 됐던 방패는 동시에 많은 몬스터의 무덤이었다.

"아무튼 한 마리 찾아내자."

"응."

두 사람은 주위를 경계하면서 슬금슬금 전진했다.

특히나 사리는 덤불의 흔들림 하나도 놓치지 않을 정도로 주위를 두리번거리며 경계했다.

"찾았다!"

"어디?"

메이플이 사리 쪽을 보았을 때, 사리는 이미 뛰어가고 있었다.

"【슬래시】!"

덤불을 가른 대거가 크기가 10센티미터쯤 되는 거미를 한 마리 쳐냈다.

흑요석을 닮은 예쁜 몸, 그 눈 부분이 푸른 보석처럼 빛나는 것을 사리는 확인했다.

"우와아, 끄응!"

방패를 내밀며 달려가려다가 나무뿌리에 걸려서 다이빙하는 꼴이 된 메이플이 그대로 거미를 받아냈다.

물론 손이 아니라 【악식】을 가진 방패로.

"괜찮아?"

"우우, 고마워."

사리가 메이플의 손을 잡고 일으켜 세웠다.

메이플은 갑옷에 묻은 흙먼지를 툭툭 털더니 주위를 둘러보았다.

"어땠어?"

"해치웠어. 하지만 드랍은 없었어."

"그래, 그럼 다음 걸 찾자."

그렇게 새가 지저귀는 소리도 들리지 않는 조용한 숲을 걸어다니면서 열 마리의 거미를 쓰러뜨렸지만, 아이템을 하나도 드랍하지 않았다.

"좀처럼 드랍이 없네."

"판매가도 비싼 아이템인 모양이니까 드랍률도 낮겠지. 어쩔래? 따로 다닐까? 거미는 움직이기 전에 찾을 수만 있으면 쉽게 쓰러뜨릴 수 있고."

HP가 낮은 거미는 대부분의 몹이라면 특기인 탐지력으로 먼저 발견할 수 있는 사리에게 대단한 상대가 아니고, 메이플에게는 그냥 움직이는 표적이나 마찬가지다.

그렇기 때문에 메이플도 이 제안에 응하여서, 두 사람은 보다 효율적으로 소재를 모으기로 했다.

"그럼 20분 정도 있다가 연락할게."

"응, 힘내자!"

사리가 덤불 저편으로 사라지는 것을 지켜본 메이플은 거미를 찾기 시작했다.

하지만 여태까지의 탐색에서는 기본적으로 사리가 찾아내기도 했기에, 혼자서는 전혀 찾을 수 없었다.

"그래, 【도발】!"

메이플이 발동한 스킬에 반응하여 근처 덤불에서 거미 한 마리가 튀어나오더니, 파란 마법진을 전개하여 메이플에게 마법을 쏘기 시작했다.

"찾았어!"

메이플이 하는 일은 지면에 있는 거미를 방패로 깔아뭉개는, 그저 그거뿐이었다.

사리의 대거와 달리 일격으로 해치울 파괴력을 가진, 진짜 불가사의한 방패다.

메이플은 지면에 찍은 방패를 들어서 거미가 있던 장소를 확인했지만, 드랍 아이템은 이번에도 없었다.

"다시 쓸 수 있을 때까지 시간이 걸리니까 적당히 찾아보자."

메이플은 버석버석 덤불을 헤치고 나무 위를 확인했지만, 찾을 수 없었다.

메이플은 자신이 【도발】 없이 찾아내긴 어렵다고 생각하기 시작했다.

"좋아, 다시……."

"메이플!"

"어?"

숲속에서 들려온 것은 사리의 목소리였다.

아직 20분은 지나지 않았다.

연락하겠다고 한 시간에는 아직 이를 터이다.

"얼른 가야지!"

메이플은 사리의 목소리가 들린 방향으로 다급히 달려갔다.

버석버석, 덤불을 헤치며 메이플이 사리가 있는 곳에 도착해 보니, 거기에는 여태까지의 세 배 정도 덩치를 가진 거미와 사리가 격한 공방을 펼치고 있었다.

"메이플 도와줘! 이 녀석, 엄청 잘 피해!"

거미의 공격을 전부 빠짐없이 피하면서 공격하는 사리를, 분명 거미가 봐도 똑같이 여기겠다고 메이플은 위기감 없이 생각했다.

"【도발】!"

메이플이 스킬을 발동했지만, 이 거미에게는 효과가 없는지 그대로 계속 사리에게 덤벼들고 있다.

"그럼…… 사리! 이쪽으로 뛰어와!"

메이플은 사리에게서 조금 떨어진 위치까지 가서 그렇게 외쳤다.

"알았어."

사리가 거미에게 등을 보이고 단숨에 달렸다.

거미도 한발 늦게 사리를 쫓아왔지만, 사리가 먼저 메이플의 옆을 지나쳤다.

"【히드라】!"

솟구치는 독의 격류와 비교도 되지 않게 작고 약한 거미는 사리를 쫓아가지 못한 채 독의 바다에 잠겼다.

"오오……. 오버 킬."

"사리는 들어가면 안 돼. 드랍 아이템 찾아올 테니까."

찔걱찔걱 소리가 나는 독의 늪을 걸은 메이플은 독에 잠겨서도 반짝반짝 빛나는 청색 덩어리를 발견했다.

웅크려서 그걸 줍고 독액을 닦아 보니 그야말로 보석 같은, 유리구슬처럼 생긴 파란색의 구체가 모습을 보였다.

"오, 첫 드랍이네. 그거야, 메이플."

"겨우 하나네. 하지만 예쁘다……. 열심히 찾아보길 잘했어."

메이플은 손바닥 위에 그걸 굴려보다가 인벤토리에 넣었다.

"【큰 거미의 파란 눈】이래. 눈이었구나."

"그래? 게임이니까 가능한 소재잖아. 큰 거미와 그냥 거미면 드랍하는 소재의 크기도 드랍률도 다르니까……. 작은 쪽 소재도 몇 개 모아둘까?"

"응, 가능하면 그러고 싶어."

"그럼 그러자. 시간도 있고."

큰 거미가 나왔을 때를 생각해서 원래대로 함께 행동하기로 한 두 사람의 앞을 작은 거미가 가로질렀다.

"【슬래시】! 야압!"

사리가 재빨리 반응하여 거미를 공중으로 띄우더니 곡예사처럼 그걸 척척 베어서, 거미는 꼼짝도 못 하는 채로 HP가 줄어들었다.

"오, 드랍."

그리고 떨어진 파란 구슬을 집어서 메이플에게 건넸다.

"대, 대단해……. 나도 할 수 있어?"

"방패로는 어려워……. 또 나는 게임 안에서 꽤 연습했으니까 가능할 뿐이야."

"으음……. 그럼 됐어. 하지만 이도류는 멋지네."

"후후, 고마워."

그 뒤에 큰 거미는 희귀한 몬스터라서 나오지 않았지만, 보통 거미를 열 마리 정도 쓰러뜨려서 파란 구체를 두 개 더 입수했다.

"이거면 될까. 악센트로만 쓸 거니까. 고마워, 사리."

메이플은 그렇게 말하며 나무에 몸을 기댔다.

"조금 지쳤어?"

"응, 조금. 게임 안에서 별로 탐색 같은 걸 안 했으니까."

익숙해지기 전에는 일찍 지치기도 한다.

메이플은 제1회 이벤트에서도 별로 움직이지 않았던 데다가, 움직인 뒤에는 반드시 휴식했다.

이번 탐색은 메이플에게 몇 안 되는 연속이동이었기 때문에 다소 지친 것이다.

"뭐, 곧 익숙해질 거야. 나도 그랬고."

"응, 알았어."

메이플과 사리는 숲을 빠져나오고, 둘이서 햇빛 아래에서 쭈욱 기지개를 켰다.

"돌아가는 길도 업고 갈게."

"그럼 부탁할게!"

"돌아가거든 이번에는 진짜 관광 어때? 소재도 얼추 다 모았으니까 말이야."

"좋아!"

"좋아, 그럼 업혀."

메이플은 장비를 벗고 사리의 등에 업혔다.

사리가 게임 밖에서 불가능한 속도로 달려서 마을을 향해 일직선으로 향했다.

그리고 도중의 몬스터도 잘 회피하면서 두 사람은 마을로 돌아왔다.

"도착, 메이플 어디 갈래?"

"사리가 정해."

"그렇게 말하면 고민되는데……. 그럼 일단 뭣 좀 먹을 수 있는 곳으로 갈까? 게임 안이면 현실의 지갑에 영향은 없고. 가게를 낸 플레이어도 있는 모양이야."

레벨업에 매진하는 플레이어도 있지만, 각자 취미의 연장선으로 생활하는 플레이어도 어느 정도 있다.

"갈래, 갈래! 가자! 난 단 게 좋아."

"좋아. 그럼 찾으러 갈까."

지친 몸을 치유하기 위해.

혹은 단순히 흥미를 품고서.

두 사람은 단 음식을 찾아서 플레이어가 낸 가게를 구경하고 다녔다.

두 사람은 괜찮은 가게를 찾아서 마을 안을 돌아다녀, 차분한 갈색이면서도 어딘가 화려한 가게를 찾았다. 가게 앞에 장식된 꽃은 물을 준 뒤인지 물방울이 반짝반짝 빛났다.

"메이플, 여기로 할까?"

"응, 좋아! 맛있어 보이고……."

메이플은 가게 앞에 내놓은 칠판에 적힌 추천 메뉴를 보면서 그렇게 말했다.

"오케이. 그럼 들어갈까."

사리가 문을 열고 메이플이 이어서 가게 안에 들어갔다.

그리 넓지 않은 가게 안에는 이미 몇몇 플레이어가 있었다.

그들은 문이 열리는 소리에 반응하여 입구 쪽을 흘끗 보더니, 거기에 있는 메이플에게 정도의 차이는 있어도 어느 정도 놀란 듯한 표정을 보였다.

메이플은 제1회 이벤트에서만 눈에 띈 것이 아니라 그 뒤에도 기억하기 쉬운 특징적인 장비를 입고 다녔기 때문에 플레이어들의 기억에 오래 남았다.

표창식 때의 영향도 있어서 태반의 플레이어에게 상급자로 기억되는 메이플은 어디에 있어도 주목을 모으곤 했다.

그리고 순간적인 분위기 변화를 민감하게 감지한 사리가 메이플에게 말했다.

"완전히 유명인이네."

"무, 무슨 소리야?"

메이플은 잘 모르겠다는 듯이 고개를 갸웃거렸다.

이번에 메이플은 플레이어들이 한순간 자신을 주목한 것을 알아차리지 못했다.

"아무것도 아냐. 그보다 저 자리에 앉을까? 비어 있네."

사리가 벽 쪽의 자리를 가볍게 가리켰다.

"그래. 그러자."

두 사람은 자리에 앉아서 메뉴를 보았다.

도중에 사리가 방금 느낀 위화감의 정체를 깨달았다.

"아, 그런가. 메이플의 장비는 중무장 갑옷이니까 가게 안에서는 조금 위화감이 있구나."

"……그렇구나."

메이플은 다른 플레이어들을 슬쩍 확인했다.

오늘은 우연히 로브 같은 가벼운 차림의 플레이어밖에 없었기 때문에 붕 떠 보였다.

물론 이 게임 안에서는 메이플과 마찬가지로 나름 무거운 느낌의 갑옷을 입은 플레이어도 많다.

항상 그러고 다니는 것은 아니지만, 지금 상황은 메이플로 하여금 갑옷 외의 다른 장비를 사자고 생각하게 했다.

"이 다음에 뭐라도 사러 갈까?"

"그것도 좋겠네. 하지만 일단 지금은 주문을 해야지?"

"응, 나한테도 메뉴 보여줘."

다시금 테이블에 놓은 메뉴를 팔랑팔랑 넘겨보았다. 이 가게의 메뉴는 기본적으로 현실에 있을 법한 단 과자들을 재현한 것이었다. 쇼트케이크나 바닐라 아이스 등 맛을 이미지하기 쉬운 것이 대부분이었다. 그런 가운데 사리는 딸기 타르트를, 메이플은 초콜릿 케이크를 주문하기로 했다.

두 사람은 주문을 마치고 또 이야기를 시작했다.

"다음 이벤트는 언제 할까……? 둘이서 할 수 있는 이벤트면 좋겠는데."

"응, 사리랑 같이 이벤트에 참가하면 좋겠어."

겨우 둘이서 플레이할 수 있게 됐다.

최대한 둘이서 협력하면서 즐겁게 해 나가고 싶다는 것이 두 사람의 공통 생각이었다.

"제1회 같은 형식이면 무리지만."

"으음, 사리랑은 싸우고 싶지 않아."

"그래?"

왜냐고 묻지 않아도 메이플은 간결하게 다음 말을 했다.

"절대로 못 이길 것 같으니까."

"글쎄……? 하지만 나도 최대한 안 지고 싶어."

두 사람이 이야기하는 동안에 주문한 음식이 테이블에 나왔다.

살짝 새콤달콤한 냄새와 선명한 색조가 좋은 딸기 타르트는 봄답게 밝고 화사하다.

초콜릿 케이크는 차분한 갈색에 진한 색깔의 초콜릿을 코팅한 것이었다.

두 사람은 얼른 그걸 입에 넣었다.

"맛있어! 밖에서 먹으면 더 비쌀 텐데."

메이플은 부드럽게 녹으면서 살짝 씁쓸한 초콜릿 케이크를 맛있게 먹었다.

"그렇지. 고급 음식을 쉽게 먹을 수 있어서 좋아……. 메이플 것도 맛있겠다."

"조금 줄까?"

메이플의 제안에 사리는 입가에 손을 대고 생각했다.

"……아니, 아예 그것도 주문해야지."

사리는 메이플이 먹는 케이크를 추가로 주문하고 또 타르트를 먹기 시작했다.

"그럼 나도 추가해야지."

게임 안에서는 아무리 주문해도 현실의 지갑에 타격이 없다.

물론 칼로리를 걱정할 필요도 없다.

"메이플. 이것도 맛있겠어."

"으음, 그럼 이건 어때?"

"좋겠네."

두 사람은 단 음식을 마음껏 즐겼다.

"다음에도 또 와 주세요."

한 시간 반 정도 뒤에 두 사람은 점원의 배웅을 받으며 가게를 나섰다.

"" ……. ""

사리와 메이플은 가게를 나와서 곧바로 파란 패널을 불러내어 스테이터스 화면을 확인했다.

그것은 소지금 항목이었다.

"제법…… 나갔네."

"뭐…… 그렇게나 시켰으니."

두 사람이 들어간 가게는 제법 고급스러운 음식을 다루고 있었다.

그것은 메뉴에 적혀 있는 가격으로 알고 있었지만, 무심코 계속해서 추가로 주문해버렸다.

두 사람도 이번에는 너무 돈을 썼다고 느꼈다.

"으음, 다음에는 뭐 할까?"

메이플이 사리에게 물어보았다.

"어딘가 관광하러 다닐래? 생각해 보니 필드에 멋진 장소가 몇 군데……."

이것도 사리가 스킬을 모을 때 얻은 부산물 중 하나다.

스킬이나 실용적인 아이템을 입수할 수는 없지만, 사리는 멋진 풍경을 즐길 수 있는 장소의 정보를 몇 개 얻었다.

"언제든지 갈 수 있을 만한 곳은…… 서쪽에 석양이 계속되는 곳이 있었던가? 또 밤 한정인 장소가 북쪽에."

"가 보고 싶어! 사리가 가겠다면 말이지만."

이 뒤에 시간이 있냐는 의미이기도 했지만, 데려가 달라는 의미도 포함되어 있었다.

그러지 않으면 도저히 단시간에 돌 수가 없다.

사리는 당연하다는 듯이 그 뒤에 같이 필드를 관광하는 것도, 메이플을 업고 뛰는 것도 승낙했다.

"자전거라도 있으면 좋겠네."

"언젠가 게임에 추가되는 걸 기다릴 수밖에 없나……. 그보다 말 같은 게 먼저 나올지도 모르겠지만."

"마, 말은 못 탈 것 같은데."

단 음식을 보급한 두 사람은 필드로 돌아갔다.

더불어서 많이 줄어든 소지금을 어느 정도 복구하기 위해 몬스터에게서 돈을 버는 것을 목표로 했다.

이때 이미 메이플의 갑옷 말고 다른 장비를 산다는 생각은 까맣게 잊어버렸기 때문에, 메이플이 새로 관광용이라고 할 만한 장비를 사는 것은 상당히 나중 일이 됐다.

필드 서쪽으로 간 두 사람은 사리의 마법으로 몬스터를 견제하면서, 그래도 계속 접근하려는 몬스터에게는 【히드라】를 선물하는 스타일을 취했다.

"이 근처면 이미 메이플의 적수가 없어."

"에헤헤, 그래?"

"나도 얼른 따라잡아야지! 【파이어 볼】!"

메이플이 퍼부은 독에 비하면 박력이 없는 화염탄이지만, 매번 확실하게 몬스터의 몸에 명중했다.

수수하긴 하지만, 여태까지 키운 기술이 조금씩 드러났다.

"음, 나쁘지 않아."

"사리, 슬슬 다 왔어?"

"조금만 더 가면 돼. 조금씩 보이기 시작하네."

사리의 말에 메이플이 눈을 가늘게 뜨고 지평선을 보았다.

메이플에게도 희미하게 뭔가가 솟구친 것이 보였다.

"석양……하고는 관계없지?"

"뭐, 그렇지. 표식이야."

사리는 라스트 스퍼트라는 듯이 속도를 올려서 그 표식 밑으로 향했다.

"자, 다 왔어."

메이플은 사리의 등에서 내려와서 장비를 원래대로 돌리고 주위를 둘러보았다.

거칠게 깎아낸, 높이가 다른 돌기둥들이 같은 간격으로 원형을 이루며 서 있었다.

비유하자면, 스톤헨지 같이 생겼다.

그 중앙의 지면에는 불타버린 자국 같은 것이 있어서, 정말로 뭔가 있을 듯한 분위기였다.

"여기서 뭐 하는 건데?"

"이러는 거야."

사리는 불탄 자리로 성큼성큼 다가가더니 그 중심에 섰다.

"【파이어 볼】!"

사리가 쏜 불에 호응하여 발밑의 자국이 붉은빛을 띠었다.

"메이플, 이리 와!"

"어, 으, 응!"

메이플이 뛰어서 사리에게 다가왔다. 두 사람은 원형 돌기둥들의 중심에서 그대로 대기하며 변화를 기다렸다.

발밑의 붉은 빛은 더 진한 색으로 변하고, 주위에 서 있는 바위들을 향해 거미줄이 쳐지듯이 부채꼴로 퍼졌다.

불타는 듯한 붉은색은 돌을 침식하여 마치 불기둥처럼 빛을 냈다.

"슬슬…… 왔다!"

"와앗?!"

눈앞이 새하얗게 물들어서 메이플은 눈을 꼭 감고 얼굴을 손으로 가렸다.

불타서 사라진 것처럼 두 사람의 모습은 사라지고, 타오르는 듯한 붉은색은 점차 흐려지다가 이윽고 불탄 자국과 바위만이 남은 살풍경한 곳으로 돌아갔다.

무슨 일이 일어났는지 모르는 채로 순간 눈을 감았던 메이플은 얼굴에 바람을 느끼고 살짝 눈을 떴다.

"우와……."

조용한 바람에 메이플의 머리칼이 나부꼈다.

두 사람의 앞에는 조금 전과 다른 풍경이 펼쳐져 있었다.

메이플은 사리와 함께 언덕 위에 서 있었다.

아래를 향해 비스듬하게 뻗은 길, 그 주위 경사면에는 해바라기 밭이 펼쳐졌고, 그 너머로는 붉게 물든 바다가 보였다.

그 위에는 크고 큰 석양이 조용히 바다를 비추고 있었다. 조용히 떠 있는 부유성과 날아가는 드래곤의 실루엣이 여기가 현실이 아니라는 실감을 주었다.

주위에 사람은 없고, 바람이 부는 소리만 들릴 뿐이었다.

건조한 바람이 바다와 해바라기 향기를 실어다 준다.

"밖에선 이런 걸 좀처럼 못 보겠는걸."

이 조건의 장소에 단둘이 가는 일은 현실에서는 없겠지.

잔잔한 파도 소리가 희미하게 울렸다.

"응! 멋져, 하지만…… 왠지 좀 쓸쓸해지는데?"

"뭐, 그럴지도."

메이플과 사리는 바다까지 이어지는 길을 걸었다. 주위의 해바라기는 두 사람의 키보다 더 높아서, 혹시 그 사이로 들어간다면 완전히 가려져서 보이지 않으리라.

"하나 가지고 가면 안 될까?"

메이플이 길가의 해바라기 줄기를 쿡쿡 찔렀다.

"이건 파괴 불가능 오브젝트인 것 같으니까 불가능해. 눈에 잘 새겨서 돌아가자……. 뭐, 메이플이 불 계열 스킬을 배우면 언제든지 올 수 있지만."

"그럼 또 찾아봐야지."

메이플은 자기가 취득 가능한 불 계열 스킬이 있는지 기억을 더듬었지만, 지금으로선 그런 걸 본 기억이 없었다.

완만한 언덕길을 따라 바다까지 가자, 모래사장이 똑똑히 보였다.

섬세한 모래알에 파도가 부딪치고, 저녁 햇살을 받아서 반짝반짝 빛났다.

두 사람은 파도치는 곳까지 갔다가, 뭔가가 두 개 나란히 떨어져 있는 것을 보았다.

"이건 뭐지?"

메이플이 그걸 하나 주워서 확인했다.

그건【석양색의 진주조개】라는 아이템이었다.

그 이름처럼 껍데기가 노을처럼 주황색이고, 쩌억 벌어진 조개 안에는 희미한 핑크색 진주가 하나 있었다.

아이템으로서의 설명은 NPC에게 비싸게 팔 수 있다는 말밖에 없었다.

"기념품일까. 소재로 쓸 수 있을지는 모르지만, 뭐, 환금용이겠지."

사리도 진주조개를 주워서 손에 올려놓고 확인했다.

노을을 빨아들인 듯한 그 색깔은 오늘의 추억을 남기기에 충분한 것이었다.

"이건 소중히 간직해야지!"

메이플은 인벤토리에 아이템을 갈무리하면서 말했다.

"나도 그럴까. 팔기는 좀 아깝고."

메이플의 생각에 응하여 사리도 진주조개를 인벤토리에 넣었다.

이걸 꺼내서 보면 이 날, 이 장소에서 본 광경을 떠올릴 수 있겠지.

"사리, 조금 더 여기서 느긋하게 있다 갈래?"

"좋아, 나도 그럴까 했어. 밤 한정 지역으로 가려면 아무래도 오래 걸리니까 도중에 한 번 해산하더라도, 잠깐 여기서 있다가 갈까?"

"응! 그게 좋겠어!"

두 사람은 잠시 동안 여기서 시간을 보내기로 했다.

메이플은 모래사장에 앉아 멀리 떠 있는 부유성을 가리켰다.

"저런 곳에도 언젠가 갈 수 있을까?"

"글쎄. 나는 다른 게임에서 부유성을 공략한 적이 있는데."

메이플은 그 말을 듣고 부러워하는 얼굴을 했다.

"언젠가 가자. 둘이서. 메이플이라면 저기 날고 있는 드래곤에게도 이길 수 있지 않을까?"

"어? 아무리 그래도 그건 어렵지 않을까?"

언젠가 올지도 모르는 그런 탐색의 기회에 두 사람은 기대로 가슴을 부풀렸다.

"메이플이 즐거운 시간을 보낸 모양이라 다행이야."

"후후, 응! 아주 즐거웠어!"

그렇게 말하며 메이플은 빙긋 웃었다.

두 사람이 이 지역을 벗어날 때까지, 아니, 나간 뒤에도 커다란 저녁 해는 계속해서 조용히 하늘에 떠 있었다.

영원히 계속되는 저녁노을 지역에서 나온 두 사람은 그 뒤로 한 번 로그아웃했다가 다시 시내 광장에서 만나기로 했다.

메이플은 로그인한 뒤 약속 장소인 분수까지 걸어갔다. 밤이 된 거리에는 가로등이 부드러운 빛을 내고 있었다. 또한 NPC가 줄어들고 마을의 분위기도 어딘가 변했다. 메이플은 두리번거리며 사리의 모습을 찾았다.

"사리는…… 찾았다!"

"응, 왔네, 메이플."

"얼른 가자!"

"오케이. 그럼 북쪽으로."

두 사람은 마을 북쪽으로 나가서 평소에 하던 이동 방식으로 더 북쪽으로 향했다.

"밤이면 강해지는 몬스터나 밤에만 나오는 몬스터도 있는 모양이니까, 메이플도 조심해."

"응, 맡겨줘!"

이른바 야행성 몬스터란 것이다. 반대로 낮에만 나오는 몬스터도 있다.

"어차, 말하기가 무섭게……!"

"어? 뭐?! 와앗?!"

하늘에서 소리도 없이 내려온 뭔가가 메이플의 이마에 부딪치더니 다시금 하늘로 날아올랐다.

단도 이외의 장비를 벗고 있어도 압도적인 방어력을 자랑하는 메이플은 기습에 무게를 둔 그 뭔가에게 대미지를 입을 만큼 약하지 않다. 그 몬스터는 계속해서 두 사람을 노렸다.

"메이플, 일단 내려!"

"알았어!"

메이플은 사리의 등에서 뛰어내리더니 그대로 사리에게서 거리를 벌렸다.

"【도발】!"

메이플은 몬스터의 공격을 자신에게 끌어들이려고 최대한 서둘러 장비를 착용했다.

몬스터가 하늘에서 강하하여 메이플에게 무의미한 돌격을 거듭했다.

어느 틈에 몬스터는 여러 마리로 늘어나 있었다.

"【더블 슬래시】."

사리가 휘두른 대거가 지금 메이플에게 돌격하려던 몬스터의 등을 베었다.

"올빼미인가!"

사리의 공격으로 지면에 떨어진 몬스터는 올빼미였다.

사리는 쓰러뜨린 올빼미의 등을 대거로 찔러서 남은 HP를 날려버렸다.

하지만 아직 대부분이 상공에 있었다.

"메이플, 위를 향해서 히드라!"

"알았어!【히드라】!"

메이플이 하늘을 향해 뻗은 검은 단도에서 커다란 보라색 마법진이 전개됐다.

그걸 본 사리는 전력으로 그 자리를 벗어났다.

아무래도 그래야만 했다.

몇 초 뒤, 메이플의 주위는 지옥으로 변하기 때문이다.

하늘로 솟은 머리 셋 달린 용은 메이플의 근처에 있던 올빼미 몇 마리를 집어삼켜 없앴다.

그대로 아득히 먼 하늘에서 부서진 용은 비라고 하기에는 너무나도 큰, 독덩어리로 변하여 지면에 떨어졌다.

순식간에 천지를 오간 맹독은 모든 올빼미를 처치하는 데 성공했다.

찔걱찔걱 소리를 내며 지면에 떨어져서 보라색 독으로 물들였다.

"메이플! 난 그쪽으로 못 가니까 여기까지 걸어와!"

사리가 떨어진 곳에서 메이플을 불렀다.

메이플은 장비를 벗고 사리에게로 달려갔다.

"생각보다 쉽게 쓰러뜨렸네."

"그 정도가 좋아. 메이플이 고전하는 몬스터가 넘쳐나면 거의 아무도 살아남을 수 없으니까."

"그런가?"

"살아남는 건 상위 레벨 몇 명 정도라고 생각해."

메이플이 고전할 정도의 대미지를 준다는 소리, 그것은 즉, 많은 플레이어가 한두 방에 쓰러진다는 소리다.

"아무튼 갈까. 또 올빼미가 나오거든 비슷하게 잡자."

"오케이!"

두 사람은 그대로 목적지를 향해 최단 루트로 달려서 숲속으로 들어갔다.

숲속은 어두워서 평범하게 걷기도 힘들었다. 하지만 이 숲은 두 사람에게 다소 신기한 조명을 주었다. 하나는 나무줄기나 덤불에 달라붙어서 예쁜 빛을 내는 5센티미터 정도 크기의 반딧불이었다. 또 하나는 희미하게 발광하는 이끼로, 이것이 발밑을 보기 쉽게 해 주었다. 불빛으로 밝혀진 발밑에는 덤불이나 가시가 많았다.

그렇기 때문에 사리가 메이플을 태우고 갈 수 있는 것은 여기까지였다.

"장비를 갖추고…… 됐어."

메이플을 선두에 세우고 숲속을 나아갔다.

사리가 선두로 가는 편이 위험을 탐지하기 쉽겠지.

하지만 혹시나 위험을 놓쳤다간 사리가 쓰러질지도 모른다.

메이플이 선두라면 덫을 밟아도 그냥 밀어붙일 수 있다.

제작자의 의도대로 움직이면서도 전부 뛰어넘는 부조리.

그렇게 밀어붙일 수 있는 것이다.

또한 메이플은 한 방향을 향한 장거리 공격을 가졌다.

그렇다면 메이플을 선두에 세우지 않을 이유가 없다.

"뭔가 있거든 말해!"

"응, 가시 조심해."

그렇게 말한 순간, 전방의 지면에서 메이플을 향해 똑바로 가시가 뻗어왔다.

"에잇!"

하지만 그것은 메이플이 든 방패에 말 그대로 잡아먹혀서 무력화됐다.

반쯤 남은 가시도 빠직 소리를 내며 빛이 되어 사라졌다.

"역시 그거 강하네."

"그렇지! 멋지기도 해서 마음에 들어."

메이플은 방패 테두리를 쓰다듬으면서 말했다.

실제로 어지간한 무기의 몇 배는 강하겠지.

"그럼 그대로 부탁해."

"응, 쭉쭉 가자!"

두 사람은 가시에 고전하는 일도 없이 추가로 중간에 덤벼든

박쥐 몇 마리를 어렵잖게 쓰러뜨리고, 드디어 목적지에 도달했다.

"여기야?"

메이플이 눈앞을 가리켰다.

"그래, 여기야."

두 사람의 앞에는 높이 2미터 정도의 동굴 입구가 있었다.

뻥 하니 뚫린 그 입구는 기대와 스릴, 그리고 그 앞에서 기다리는 보물로 여행자를 끌어들인다.

사리가 인벤토리에서 횃불을 꺼내 사용하자 입구 안쪽이 다소 보였다.

"올라가는 계단이네. 좁으니까 이번에도 메이플이 선두로 갈래?"

"문제없어."

"오케이. 그럼 갈까. 멋진 풍경이 기다린대."

두 사람은 동굴 안으로 들어갔다.

그 너머에 있는 아름다운 풍경을 향하여.

두 사람은 경사가 급한 계단을 올라갔다. 손잡이도 없이 거칠게 깎인 바위 계단은 올라가는 것만 해도 고생이었다.

몬스터가 나왔다고 해도 사리가 있는 이상 이 좁은 계단에서 히드라를 쓸 수도 없기 때문에, 메이플의 단도는 도움이 되지 않는다.

그렇기 때문에 메이플은 사리에게 횃불을 받아서 사리가 두 손을 자유롭게 쓸 수 있게 했다.

그렇게 올라간 지 10분.

몬스터와 마주치는 일도 없이 메이플과 사리는 계단을 다 올라가서 정상에 도달했다. 하늘에는 현실에서는 볼 수 없을 정도로 가득한 별. 기분 좋고 부드러운 바람이 두 사람의 머리칼을 살짝 나부꼈다.

"꽤 올라왔는데, 여긴 어디야?"

"어두우니까 알기 어렵지만, 주위는 다 절벽이니까 조심해."

"절벽…… 아! 거기인가!"

메이플과 사리는 직경 10미터 정도의 원기둥 안을 올라온 것이다.

그리고 거기는 낮이라면 무척 눈에 띄는 지형이라서, 메이플도 한 번 본 적이 있었다.

"아무도 없군……. 운이 좋아."

"어, 저건?"

메이플이 갈 수 있는 곳을 확인하려고 원의 중심으로 걸어가기 시작하자, 불빛을 받아 드러난 것이 있었다.

그것은 목제 테이블이었다. 구석구석까지 가공됐고, 또 표면도 부드러웠다. 야외와는 어울리지 않을 만큼 잘 만든 것이었다.

　마주 보도록 놓인 두 개의 의자, 두 개의 와인잔에 나이프와 포크, 아름다운 흰 접시가 하나씩. 그리고 테이블 중심에 불이 꺼진 양초가 남은 촛대가 있었다.

　"사리, 앉아?"

　"앉자. 앉으면 뭔가 일어난……다고 해."

　이번에는 사리도 무슨 일이 일어나는지 잘 모른다.

　다만 이 자리와 재미있는 일이 일어난다는 것, 사람이 줄을 섰을 수도 있다는 것 등, 게시판을 쓱 보아서 얻은 단편적인 지식밖에 없었다.

　"그럼 하나둘 하고 앉자."

　메이플이 사리에게 제안했다.

　"알았어."

　""하나~둘!""

　두 사람은 의자 등받이를 잡고, 동시에 의자를 끌어당겨서 자리에 앉았다.

　그 직후 훅 하는 소리와 함께 양초에 불이 붙고 테이블 위를 밝게 비추었다.

　그리고 두 사람 앞에서 와인잔이 가볍게 떠올랐다.

　두 사람이 눈을 동그랗게 뜨고 그 광경을 보자, 별하늘에서 자주색 실 같은 것이 두 줄기 내려왔다.

　그것들은 각각의 와인잔에 들어가서 잔을 채웠다.

와인잔의 절반 정도까지 찼을 때, 둥실둥실 떠 있던 와인잔은 테이블 위에 달각 하고 놓였다.

"이거 뭐야……."

"헤에……."

와인잔 안에는 작은 밤하늘이 있었다.

작은 별은 하늘과 마찬가지로 반짝이고, 구름이 천천히 움직이고, 구름 사이로 초승달이 떠 있었다.

올려다보면 지금도 빨려들 듯한 밤하늘은 반대로 와인잔에 빨려들어서 두 사람의 눈앞에서 하늘하늘 흔들렸다.

두 사람이 그 신기한 음료를 바라보고 있자, 이번에는 접시가 둥실둥실 떠올랐다.

양초의 불이 파직 하고 튀더니 두 개의 작은 불꽃이 각각의 접시로 날아갔다.

그것들은 빙글빙글 회전하여 예쁜 구체가 되어서 접시 위에 떠올랐다.

두 사람이 그걸 보고 있자, 하늘에서 두 개의 물방울이 약한 빛을 띠며 떨어졌다.

빛은 접시 위에 도달하자 물방울에서 떨어져서 은은하게 빛나는 작은 노란색 구체가 됐다. 물방울은 불꽃과 마찬가지로 접시 위에서 하늘하늘 흔들렸다.

접시 위에는 빨간색, 파란색, 노란색, 세 개의 구체가 조용히 떠 있었다.

접시는 조용히 테이블로 돌아가고, 두 사람 사이, 양쪽 모두에게 보이는 장소에 이번 음식의 이름과 한 마디가 적힌 팻말이 나타났다.

"【작은 하늘】……?"

"【이제 드셔 보세요】."

두 사람은 서로의 얼굴을 보더니 접시 위의 구체에 포크와 나이프를 대서 입으로 가져갔다.

"신기한 맛……."

"맛있……나? 어때, 메이플?"

"으, 응? 딸기랑 귤이랑 사과를 한꺼번에 먹는 느낌? 잘 모르겠어……."

"으음, 아니, 나는 그 느낌 알아."

당혹스러워하는 메이플에게 사리가 고개를 끄덕여주었다.

달콤하며 새콤하고, 뜨거우면서 차갑다.

밖에서는 먹을 수 없을 것이라고 메이플은 생각했다.

"잔 안은."

사리가 잔 안의 별하늘을 마셨다.

입안에서 톡 터지고, 액체의 느낌은 가볍게 사라졌다.

"사리?! 머, 머리가 빛나는데?"

빨간색과 파란색 구체를 먹었을 때 메이플이 사리 쪽을 보며 말했다.

"어?"

메이플의 말의 진위를 확인하기 위해 사리는 인벤토리에서 손거울을 꺼내 자기 머리를 확인했다.

사리의 머리칼은 별을 장식한 것처럼 반짝반짝 빛났다.

"응? 메이플도 눈 색이 이상한데?"

사리는 그렇게 말하며 메이플에게 손거울을 건넸다.

메이플이 손거울을 들여다보자, 왼쪽 눈은 빨간색으로, 오른쪽 눈은 파란색으로 변해 있었다.

"우에에?! 워, 원래대로 돌아가려나……."

"그, 글쎄, 어떨까……."

밤하늘 아래의 신비하고 신비한 저녁식사를 마친 두 사람은 머리가 반짝반짝 빛나고 눈이 변색된 상태로 일어섰다.

그러자 그때 플레이트의 글자가 바뀌었다.

사리가 그것을 소리 내어 읽었다.

"【찾아주셔서 감사합니다. 이번에는 감칠맛을 너무 넣어서 실패작이 됐습니다만, 또 찾아주세요. 이것은 사과하는 의미로 드리는 것입니다.】"

그리고 병 두 개가 테이블 위에 톡 놓였다.

메이플은 사리가 손에 든 두 병을 보며 물었다.

"그거 뭐야?"

"【별하늘이 담긴 병】."

"효, 효과는?"

사리는 헛기침을 한 차례 하여 목소리를 가다듬더니 아이템의 설명을 읽기 시작했다.

"실패 쉐프의 실패작, 열어선 안 된다! 애초에 열 수도 없다! 다만 겉보기로는 제법 아름답다……. 설명 그대로네."

"와, 와아……."

메이플은 사리에게 병을 하나 받아서 인벤토리에 넣었다.

열 수는 없지만, 혹시 열 수 있다 해도 충고가 있었으니 여는 일은 없겠지.

"또 올래?"

메이플이 사리에게 물었다.

"쉐프의 요리 실력이 늘거든 올지도."

"아하하……. 그럴 일은 없으려나."

두 사람은 신비하면서도 분명히 조금 재미있는, 인상에 남는 체험을 하고 밤하늘 아래의 요리점을 뒤로했다.

훗날 게시판을 통해 어쩌다가 성공하는 경우도 있음을 알고, 두 사람은 또 갈지 어떨지 고민했다.

두 사람이 밤하늘 아래에서 신비한 식사를 한 날로부터 며칠. 머리나 눈 색깔이 원래대로 돌아왔을 무렵. 메이플은 혼자 로그인하여 마을을 걷고 있었다.

오늘은 꼭 가야만 하는 장소가 있었다.

"어어……. 이쪽이었나?"

메이플의 다리로는 너무 넓게 느껴지는 시내의 여기저기를 걸어갔다.

"아! 저거다!"

찾던 건물을 발견한 메이플은 다소 서둘러서 그쪽으로 향하여서 문을 열고 안에 들어갔다.

"어머, 오래간만이야."

"예! 오래간만이에요, 이즈 씨!"

낯익은 가게 안.

그 카운터 맞은편에는 선반에 물건을 진열하는 이즈가 있었다.

메이플은 소재와 대금을 모아서 장비 제작 의뢰를 하려고 찾아온 것이다.

대금과 소재를 이즈에게 보였다.

이즈는 메이플이 가져온 소재를 확인하고 말을 시작했다.

"대금은 충분해……. 다만, 그렇지……."

"무, 문제라도?"

"이 소재만으로는 방어력과 장비의 내구력이 그렇게 높게 나오지 않아. 지난번 이벤트에서 싸우던 모습을 관전했는데…… 그런 식으로 싸울 거면 소재를 조금 더 추가하고 싶어."

메이플도 사리도 생산을 하지 않기 때문에 소재를 모을 때 장비의 내구력이라는 점에 눈길이 가지 않았다.

어떤 소재가 장비의 질을 올리는지 몰랐던 것이다.

그 결과 지금 이대로라면 서브 장비로는 다소 부족한 면이 남는다고 했다.

"어어……. 또 뭐가 필요한가요?"

메이플로서는 지금 가능한 최고의 것을 만들고 싶었다.

"……잠깐만 있어 보렴."

이즈는 추가로 무슨 장비를 모아오는 게 좋은지 하나하나 말하기 시작했다.

그렇게 소재에 대한 말을 마친 것으로 이즈는 이야기를 일단락 지었다.

"아, 그렇지, 하나 더."

이즈가 문득 떠오른 것처럼 꺼낸 이야기는 새하얀 광물에 대한 것이었다.

"채굴하려면 고레벨 스킬이 필요한데, 메이플한테는 아직 없을 테니까……. 아니, 그렇지. 그래 볼까."

이즈는 뭔가 생각이 닿은 눈치로 고개를 끄덕였다.

그리고 이즈는 자기 생각을 머릿속으로 정리한 뒤에 메이플에게 말했다.

"그 소재를 입수하려면 몬스터가 많은 동굴 안까지 들어가야만 해. 한 번에 입수할 수 있는 양은 많으니까, 나는 호위를 고용해서 때때로 가는데, 지금은 마침 재고가 없어. 그러니까 말이지."

그렇게 시작한 말은 메이플에 대한 제안이었다.

내용은 안까지 호위해 준다면 거기서 얻은 광석의 일부를 양도한다는 것과 장비 제작 비용을 깎아주겠다는 것이었다.

메이플이 이것을 거절할 이유가 없다.

망설임 없이 그 제안을 받아들였다.

"시간이 있으면 지금 당장에라도 좋아."

"그럼 부탁하겠습니다!"

"음, 이쪽이야말로 잘 부탁해."

이렇게 두 사람은 동굴 최심부를 향해 탐색에 나섰다.

메이플이 일단 가게에서 나오고, 잠시 뒤에 준비를 마친 이즈가 나왔다.

이즈는 문에 걸린 팻말을 빙글 뒤집어서 부재임을 알 수 있도록 한 뒤, 메이플 쪽을 돌아보았다.

"그럼 갈까."

"예!"

메이플은 발을 옮기는 이즈의 옆으로 서둘러 따라갔다.

당연히 이즈는 메이플보다 빠르다.

생산직으로 대장장이 일을 하기 위해서는 【STR】이, 채집계 스킬을 위해서는 【DEX】나 【AGI】가 일정치 필요하다.

이즈는 군더더기 없이 분배하여서 밸런스 잡힌 스테이터스를 가졌다.

이즈는 메이플의 상태를 알아차리고 걸음 속도를 다소 늦추기 시작했다.

"전투 중과는 달리……. 아니, 똑같네."

이즈는 작게 중얼거렸다.

동영상으로 본 메이플은 압도적인 힘으로 다른 플레이어를 쓰러뜨리는 강자였지만, 지금은 그렇게 보이지 않는다.

그렇게 생각했지만, 이즈는 동영상 안의 메이플의 표정을 떠올리고 다시금 생각했다.

그때도 지금과 다름없이 하고 싶은 일을 즐겼을 뿐이라고.

"어떤 장비가 좋을까……."

게임을 보다 즐기게 하기 위해서 무엇을 줄 수 있을지, 그것은 어떤 것일지.

이즈는 생각하면서 메이플과 함께 마을을 나섰다.

필드에는 마을과 달리 적극적으로 두 사람을 방해하는 몬스터라는 존재가 있다.

걷는 페이스는 더욱 느려졌지만, 호위란 것과는 또 이질적인 메이플의 행동 덕에 이즈가 공격을 받는 일은 없었다.

메이플은 【도발】로 공격을 받아내 이즈를 지킨다. 그런 메이플의 뒤에서 공격해 온 늑대가 메이플의 목을 깨물었다. 메이플은 그 무게에 쓰러졌다.

"우왓?! 으, 으응! 이거 놔!"

메이플은 머리를 붕붕 흔들어서 늑대를 떼어내려고 했지만, 마음대로 되지 않았다.

최종적으로 물린 상태로 뒤로 쓰러져서 늑대를 떼어내는 것에 성공했다.

일단 떨어지게 되면 늑대에게 승산은 없다. 메이플의 방패에 잡아먹히기까지는 그리 시간이 걸리지 않았다.

대상을 지키면서 스스로의 대미지도 관리한다.

이것이 이즈가 보아온 일반적인 호위의 모습이었지만, 메이플에게는 그 뒷부분이 완전히 없었다.

실제로 지켜보니 메이플의 특이함을 극단적으로 느낄 수 있었다. 이즈는 왜인지 꽤나 피곤해지는 느낌이었다.

"살아남을 수 있었던 것도 이해가 돼⋯⋯."

이즈는 메이플이 이벤트에서 상위에 오른 것이 운이나 우연이 아니라고 재확인했다.

그리고 느긋한 이동이 계속되어서, 두 사람은 무사히 동굴 입구까지 도착했다.

산 표면에 있는 동굴은 완만하게 안으로 이어지고, 대낮인데도 어두컴컴했다.

지면은 살짝 젖어 있고, 길의 폭은 그럭저럭 넓어서 어른 네 명은 나란히 걸을 수 있을 정도였다.

"조심해."

"예!"

이즈가 인벤토리에서 랜턴을 꺼내 조명을 확보했다.

 주위도 파악하기 쉬워졌고, 발밑을 주의하면 그리 쉽게 넘어지지도 않을 상황이 만들어졌다.

 두 사람은 완만한 내리막길을 나아갔다.

 전투는 방패와 단도를 든 메이플, 그 뒤에는 대장장이 일에도 쓰는 해머를 들고 만일에 대비한 이즈가 따랐다.

"천장에도 주의해. 슬슬 몬스터가 나올 때야."

"예, 천장 말이죠……."

 메이플이 천장을 올려다보았을 때, 메이플의 이마에 뾰족한 뭔가가 떨어져서 깨졌다.

 메이플은 놀라서 눈을 감고 방패를 우산처럼 쳐들며 웅크렸다.

 마음을 진정시키고 주위 지면을 보니, 거기에는 끝에 뾰족한 바위를 두른 꼬리를 가진 30센티미터 정도 크기의 도마뱀이 있었다.

 다만 꼬리의 바위는 거의 다 깨졌고, 잔해가 굴러다녔다.

 천장에 달라붙었던 도마뱀형 몬스터는 메이플에게 반응하여 떨어져 내린 것이다.

하지만 메이플과 부딪쳤을 때, 도마뱀 쪽의 방어력이 더 약했기에 슬프게도 자멸하는 길을 걸었다.

"에잇!"

지면에 방패를 쾅 하고 내리친 메이플의 손에 도마뱀은 HP가 완전히 바닥났다.

"깜짝 놀랐네……."

"……그걸로 끝이니."

클린 히트했는데도 무의미라면, 기습에 특화된 도마뱀에게 유효타는 없다.

메이플은 머리 위를 경계할 필요도 없다는 소리가 된다.

"여기에 메이플을 쓰러뜨릴 정도로 강한 몬스터는…… 없네."

이즈는 이전에 이 동굴에 왔을 때를 떠올렸지만, 메이플의 방어력을 뚫을 만한 몬스터는 없었다.

애초에 그런 몬스터가 있었으면 여태까지 호위한 플레이어들이 살아남을 수 없었겠지.

"이거 조금 줄여도 괜찮겠네."

이즈는 허리에 찬 파우치에서 HP 회복 포션을 몇 개 꺼내 인벤토리에 넣고, 대신 능력을 일시적으로 다소 강화할 수 있는 환약을 꺼냈다.

회복할 대상이 없으니까 포션을 많이 넣어도 의미가 없다.

"여기서부터는 몬스터도 늘어날 거야. 힘내."

"예, 괜찮아요."

메이플은 방패를 고쳐 들면서 천장이나 바닥, 벽에도 주의를 기울이며 걷기 시작했다.

그리고 안쪽으로 더 들어가자 다양한 몬스터가 나타났다.
개중에는 메이플을 향해 덤벼드는 몬스터도 많았다.
그것은 예를 들자면 고블린이거나 진흙으로 만들어진 인형, 즉, 골렘이었다.
그것들은 메이플 쪽으로 달려오더니, 근접공격을 하려고 팔이나 무기를 뻗었다.
그리고 차례대로 메이플의 방패에 빨려들어, 마치 바닥없는 늪에 가라앉은 것처럼 푹 꺼져서 사라졌다.
"휴우……."
"고마워. 그래, 슬슬……."
이즈는 이전에 왔을 때도 사용한 이 동굴의 맵을 보면서 목적지와 현재 위치를 확인했다.
한 번 탐색한 적이 있다는 점, 메이플이 압도적인 방어력을 가졌다는 점, 이 두 개 덕분에 탐색은 순조롭게 진행됐다.
또 동굴의 성질상 앞쪽에서 몬스터가 오는 일이 많아서, 몬스터에게 포위되기 쉬운 필드보다 수월하게 진행할 수 있다는 점도 있었다.
그렇기 때문에 메이플과 이즈는 대미지를 받는 일 없이 최심부까지 도달했다.

"다 왔네."

"이건가요?"

메이플이 이즈가 든 랜턴 불빛을 받은 벽을 만졌다.

메이플이 만진 벽은 거슬거슬하니 하얀 광석으로 뒤덮여 있어서, 오는 도중에는 못 본 모습이었다.

"그래, 이거야. 잠깐만 있어 봐."

이즈는 인벤토리에서 커다란 곡괭이를 꺼내 채굴을 시작했다.

하얀 광석은 곡괭이를 내리칠 때마다 아이템으로 변해 이즈의 발밑에 떨어졌다. 다섯 번 정도 채굴을 한 뒤 이즈는 아이템을 회수하여 다음 포인트로 이동했다.

최심부 부근에는 하얀 광석이 여기저기에 있어서, 그 포인트 전부에서 광석을 회수하는 게 이번 목적이다.

최심부에서는 몬스터가 나오지 않기 때문에, 아이템 회수에 집중할 수 있었다.

메이플은 일단 호위로서 역할을 다할 수 있어서 한시름 돌렸다.

"그래. 혹시 몬스터가 오면 안 되니까. 이즈 씨, 이즈 씨?"

메이플은 이즈에게서 랜턴을 하나 빌려서 만일을 위해 몬스터가 나오는 지역과 채굴 지역의 경계에 서 있기로 했다.

첫 호위 일이다. 만일에 만일을 대비해서 나쁠 것 없다.

그러는 동안에 이즈는 문제없이 채굴을 마치고 메이플에게 돌아왔다.

"끝났어. 돌아갈까? 장비 디자인도 정해야 하니까."

"예, 돌아가는 길도 열심히 하겠습니다!"

올 때와 마찬가지로 방패를 들고 걷는 메이플을 막을 수 있는 몬스터는 이 동굴에 없었다.

마찬가지로 몬스터를 무력화하고, 마찬가지로 천천히 마을로 돌아왔다.

이즈의 가게까지 돌아온 두 사람은 가게 안으로 들어가서, 거기 설치된 테이블 앞에 마주 앉았다.

이제부터는 어떻게 생긴 장비를 만들지 정하는 단계다.

외모에 따라서 성능이 변하는 일은 없다.

그렇다고 해서 아무렇게나 만들어도 되는 건 아니다. 성능보다 중요한 것은 확실히 존재한다. 메이플도 그걸 중요시하고 싶었다.

"자, 어떤 외형이 좋아?"

"어떤…… 어떤? 우웅."

메이플은 명확하게 이거다 싶은 이미지가 있는 게 아니었다.

막연하게 하얀 장비가 좋겠다는 생각은 있었지만, 그건 어디까지나 막연한 생각이다.

지금 당장 대답할 만큼 상세한 설명은 떠오르지 않았다.

다만 메이플은 이번 탐색에서 생각한 바가 있었기 때문에 이즈에게 그것에 대해 말하기 시작했다.

"오늘 거듭 생각했는데요……. 제 방패, 뭐든지 부수니까 평범한 방패가 있는 게 좋지 않을까 하고……."

이즈가 메이플의 생각을 듣고 고개를 끄덕였다.

메이플의 말처럼 바꿔서 쓰고 싶은 상황이 나오는 것은 당연했다.

그런 문제를 해결하기 위한 서브 장비다.

"그래……. 그럼 우선 방패를 만들자. 아, 그리고 소재를 많이 써서 더 강력하게 할 수도 있어. 다만 그 경우는 다른 장비를 다음으로 미뤄야지."

메이플은 소재를 많이 써서 더 좋은 장비를 만들기로 했다.

갑옷이나 단도도 쓰고 싶었지만, 어중간한 것들을 갖추는 것보다는 확실한 것 하나를 입수하고 싶은 마음이었다.

소재가 어디서 나는지는 파악하고 있기 때문에 필요에 따라서 다시금 탐색할 수도 있다.

방패만 만들기로 결정하자, 아직 결정하지 못한 방패의 디자인 이야기로 돌아갔다.

"어떻게 하지……."

끙끙거리며 고민하는 메이플을 보고 이즈가 제안을 하나 했다.

"그래……. 아무것도 생각나는 게 없다면 몇 가지 참고할 방패를 가져와 볼까. 잠깐만 있어 봐."

이즈는 의자에서 일어서서 가게 안쪽으로 들어가더니 방패 몇 개를 인벤토리에 넣고 돌아왔다.

"하나씩 봐 볼까."

"예!"

이즈는 메이플에게 방패를 보여주었다.

장식이 많은 것, 심플한 것, 둥근 방패나 네모난 방패.

메이플은 선택지가 많아지면 많아질수록 더욱 고민하기 시작했다.

이즈가 가져온 방패는 물론 이즈 본인이 만든 것이다.

그 방패가 다들 잘 만들어진 것이었기에 어느 방패든 다 좋다는 생각에 하나로 좁힐 수가 없었다.

어떻게 할지 고민하던 메이플은 어떤 사실을 깨달았다.

이만큼 방패를 보았으면서도 가장 좋다고 생각되는 방패가 있었던 것이다.

"이즈 씨, 이런 방패가 좋아요!"

메이플이 이즈에게 보여준 것은 메이플이 애용하는 검은 방패였다.

"그래……. 알았어. 이 방패를 참고로 해서 형태도 어느 정도 비슷하게 만들게. 그편이 익숙하고 쓰기 편할 테니까."

"그렇게 부탁합니다!"

디자인 쪽으로는 방향성이 정해졌으니, 이즈는 본격적으로 설계에 들어가게 됐다.

　이즈는 계약서 같은 아이템을 인벤토리에서 꺼내더니, 메이플에게 소재와 대금을 받고 방패를 내주기로 약속했다.

　"완성되거든 연락할게. 며칠 뒤면 될 거야."

　"알겠습니다. 잘 부탁드립니다!"

　메이플은 꾸벅 고개를 숙이더니 이즈의 가게에서 나갔다.

　"휴우, 잘 풀려서 다행이야……."

　호위 일도 잘 풀렸고, 방패 제작도 부탁할 수 있었다.

　아무튼 오늘의 목표를 달성한 메이플은 방패가 완성되기를 즐겁게 기다리기로 했다.

　메이플이 이즈에게 방패 제작을 의뢰하고 대략 30분 뒤, 크롬이 이즈의 가게에 나타났다.

　"어머, 크롬. 오늘은 드디어 장비 점검하러 왔어?"

　"그래, 부탁해."

　크롬은 인벤토리에서 장비 일체를 꺼내 이즈에게 건넸다.

　이즈는 그것을 받고 가게 안쪽으로 들어가더니 잠시 뒤에 내구치가 회복된 크롬의 장비를 가지고 돌아왔다.

　"자, 이번에는 꽤 대미지를 받았네. 부숴먹지는 마?"

이즈는 그렇게 당부하며 크롬에게 장비를 건넸다.

크롬의 장비는 이즈의 자신작 중 하나였다.

최대한 깨지지 않도록 사용해 주었으면 싶다.

"미안, 최근만 해도 꽤나 싸워대서⋯⋯. 두 번째 이벤트에서도 좋은 결과를 내고 싶으니까."

"성과는 있었어?"

"대충. 그럼 난 또 사냥 나갈게. 고마워."

"그래⋯⋯. 아, 크롬, 그러고 보니 아까 메이플이 왔다 갔어."

이즈의 말에 크롬이 가게에서 나가려던 발을 멈추었다.

"오? 조금 일찍 올 걸 그랬나. 으음⋯⋯. 벌써 오리지널 장비를 만들 정도가 된 거야?"

크롬이 조금 놀란 눈치로 말했다.

이즈는 메이플과의 탐색, 또 그 뒤의 방패 제작에 얽힌 이야기를 크롬에게 간단히 말했다.

"방패를 하나 더⋯⋯. 그래, 그 검은 방패만으로는 아무래도 너무 한정적이라서 불편한가."

크롬은 납득한 것처럼 고개를 끄덕였다.

마찬가지로 방패를 쓰는 자로서, 보통 방패가 낫다고 느낄 상황을 떠올릴 수 있었다.

"그래. 뭐, 또 어디서 만날지도 모르잖아? 마을을 오가는 모습도 자주 봤고."

메이플은 장비가 튀기 때문에 마을을 걸어 다니면 일단 눈에 잘 들어온다.

그래도 크롬이 최근 메이플과 만나지 못했던 것은 열심히 몬스터를 사냥하느라, 마을 관광에 많은 시간을 들이는 메이플과 어긋났기 때문이다.

"뭐, 조만간 만나볼게. 조금은 더 강해져야겠지만."

"응원할게."

잠시 대화한 뒤에 크롬은 가게를 나갔다.

메이플에게 금방 추월당했다고 해도, 이대로 있을 생각은 없었다.

몇 번이나 반복한 전투에서 확실한 경험을 얻은 크롬은 그것을 더욱 굳건한 것으로 만들고자 필드로 돌아갔다.

〈끝〉

후기

이 책을 집어 주신 여러분, 감사합니다.

많은 분들의 도움과 놀랄 정도의 우연으로 여기까지 올 수 있었습니다.

출판할 기회를 주신 담당자나 일러스트를 담당해 주신 코인 님.

뭐라고 감사를 드려야 할지 모를 정도입니다.

이 책을 손에 들어주신 분들 중에는 소설가가 되자에서 응원해 주신 독자님, 새롭게 읽어보기로 생각해 주신 분도 계실까요. 정말로 감사할 따름입니다.

소설을 쓰기 시작했을 무렵에는 문장도 조잡하고 읽기 어려운 것이었다고 기억합니다. 물론 지금도 개선점은 많이 있고, 간신히 한 걸음 전진했다고 할 정도겠지요.

이 『아픈 건 싫으니까 방어력에 올인하려고 합니다.』 줄여서 〈방어올인〉은 소소한 기분전환 삼아 쓰기 시작했습니다. 그게 우연하게도 주목을 모으고 갑자기 불이 팍 켜진 듯한 감각은 지금도 또렷하게 기억합니다.

하룻밤에 급속하게 변하는 일이 정말로 있으니까, 좋은 일은 서두르라는 말은 맞을지도 모르겠네요. 그날 얻은 우연은 지금도 꽉 붙잡은 채로 안 놓고 있습니다.

그리고 제가 이렇게 이야기를 계속 쓸 수 있는 것은 틀림없이 독자 여러분 덕분입니다.

응원, 지적. 읽어 주었다는 사실. 그것들 모두가 다음 이야기를 쓰기 위한 연료가 됐으니까요.

그리고 어느새 이 작품을 계속 쓴 지 1년 남짓. 정말로 길고, 하지만 그러면서도 짧은 듯한 신기한 기간이었습니다.

뭐라고 감사해야 할지 모르겠다고 말한 것처럼.

끝없는 감사를 자꾸 쓰면 계속 감사만 하다가 끝나버릴 테니까, 이 작품 〈방어올인〉에 대해 살짝 언급하겠습니다.

일단은 약칭을 결정할 필요가 있었기 때문에 〈방어올인〉으로 한 것. 타이틀이 길기 때문에 짧고 알기 쉬운 게 있는 게 좋다는 이야기였습니다.

애초에 약칭이란 것을 정해 본 적이 없는 저의 선택이라서…… 부르기 쉽다면 좋겠는데요.

또한 서적화하면서 신규 단편이란 것을 처음으로 썼습니다. 원래 스토리를 망가뜨리지 않도록 나중에 이야기를 부풀린다. 이것은 좀 힘든 일이었습니다. 하지만 고생한 보람이 있어서 단편 부분에는 게임을 즐기는 모습이 잘 전해지지 않았을까 합니다.

또 한 가지 개인적인 이야기. 책이라는 형태가 되기까지 오래 걸린 이 작품을 초기부터 계속 응원해 주신 분들에게 더 큰 감사의 마음을.

결국 또 감사로 돌아왔으니까 이 정도에서 후기를, 그리고 『아픈 건 싫으니까 방어력에 올인하려고 합니다.』 1권을 마무리하도록 하겠습니다.

많은 분들이 제게 주신 그날의 우연을 소중히 여기며.
그리고 다시금 그런 우연이 있다면.
또 어딘가에서 만날 수 있을지도 모릅니다!
언젠가 그런 날을 기대하고 있겠습니다!

유우미칸

아픈 건 싫으니까 방어력에 올인하려고 합니다. 1

2019년 01월 15일 제1판 인쇄
2021년 11월 30일 제3쇄 발행

지음 유우미칸 | **일러스트** 코인

옮김 한신남

발행 영상출판미디어(주)
등록번호 제 2002-000003호
주소 21311 인천광역시 부평구 평천로 132 (청천동)
전화 032-505-2973(代) | **FAX** 032-505-2982

ISBN 979-11-319-9452-8
ISBN 979-11-319-9451-1 (세트)

ITAINO WA IYA NANODE BOGYORYOKU NI KYOKUFURI SHITAITO OMOIMASU. Vol.1
ⓒYuumikan, Koin 2017
First published in Japan in 2017 by KADOKAWA CORPORATION, Tokyo.
Korean translation rights arranged with KADOKAWA CORPORATION, Tokyo.

방어력에 올인한 결과는…… 최강 캐릭터 탄생?!
아무도 못 말리는 핵폭탄급 뉴비의 최강 플레이 스토리!!

아픈 건 싫으니까
방어력에 올인하려고 합니다

1

게임 지식이 부족해서 스테이터스 포인트를 모조리 VIT(방어력)에 투자한 메이플.
움직임도 굼뜨고, 마법도 못 쓰고, 급기야 토끼한테도 희롱당하는 지경.
어라? 근데 하나도 안 아프네……. 그 이전에, 대미지 제로?
스테이터스를 방어력에 올인한 탓에 입수한 스킬 【절대방어】.
추가로 일격필살의 카운터 스킬까지 터득하는데──?!
온갖 공격을 무효화하고, 치사급 맹독 스킬로 적을 유린해 나가는 『이동형 요새』 뉴비가
자신이 얼마나 이상한지도 모르고 나갑니다!

ⓒYuumikan, Koin 2017
KADOKAWA CORPORATION

유우미칸 지음 / 코인 일러스트

영상출판
미디어㈜

이세계에서 팝콘?! 왕도에서 오셀로가 대유행?!
야마노 미츠하 자작이 대활약하는 제3권!

노후를 대비해 이세계에서 금화 8만 개를 모읍니다

3

외국의 침략에서 나라를 구하고, 귀족이 되어 영지를 받은 미츠하는
전이 능력을 풀로 활용한 내정 치트를 써서
바쁘지만 순조롭게 영지를 경영해 나간다.
그리고 귀족이 되고 처음으로 찾아온 사교 시즌.
미츠하 왕도에서 야마노 자작령의 특산품을 퍼뜨리려고 하는데──.
'평균치' '포션빨'의 FUNA가 쓰는 이세계 왕래 판타지!

FUNA 지음 / 토자이 일러스트

영상출판
미디어(주)

백곰전생
~숲의 수호자가 된 전설~
2

늑대 수인 루루티나 자매들과의 숲 생활도 안정되기 시작한 쿠마키치는
어느 날 평소처럼 수렵하러 나갔다가 작은 마녀 리코타와 만난다.
리코타를 집에다 바래다주는 김에 리코타의 어머니 로비올라와도 만난
쿠마치키 새로운 숲속 이웃사촌들과 친목을 다지지만,
로비올라와 리코타를 쫓는 추적자의 마수가 숲에 미치는데——.

미시마 치히로 지음 / 쿠루리 일러스트

영상출판
미디어(주)

"나는 반드시, 빼앗긴 내 운명을 되찾겠어."
젊은 패왕의 약진을 그리는 〈로제리아 내란편〉, 개막!

워르테니아 전기

2

이세계의 군사대륙 올토메아 제국에 소환되어 침략의 도구가 되기를 거부하고
탈출한 고등학생 미코시바 료바는 자신에게 충성을 맹세한 쌍둥이 자매 로라와 사라와 함께
원래 세계로 돌아갈 방법을 찾으면서 여행하고 있었다.
그러던 중 우연히 붉은 머리 용병 리오네가 이끄는 홍사자 용병단과 함께
이웃 나라 로제리아 왕국의 내란에 휘말리고, 거대한 권력의 틈바구니에서
료마는 한 가지 결심을 하는데…….

호리 료타 지음 / bob 일러스트

영상출판
미디어(주)